엉뚱한 후계자

엉뚱한 후계자

초판 1쇄 인쇄   2012년 10월 22일
초판 1쇄 발행   2012년 10월 30일

지은이   김 범 영
펴낸이   손 형 국
펴낸곳   (주)북랩
출판등록   2004. 12. 1(제2012-000051호)
주소   153-786 서울시 금천구 가산디지털 1로 168,
　　　　　우림라이온스밸리 B동 B113, 114호
홈페이지   www.book.co.kr
전화번호   (02)2026-5777
팩스   (02)2026-5747

ISBN 978-89-98268-09-1 03810

김범영 판타지 소설

엉뚱한 후계자

김범영 지음

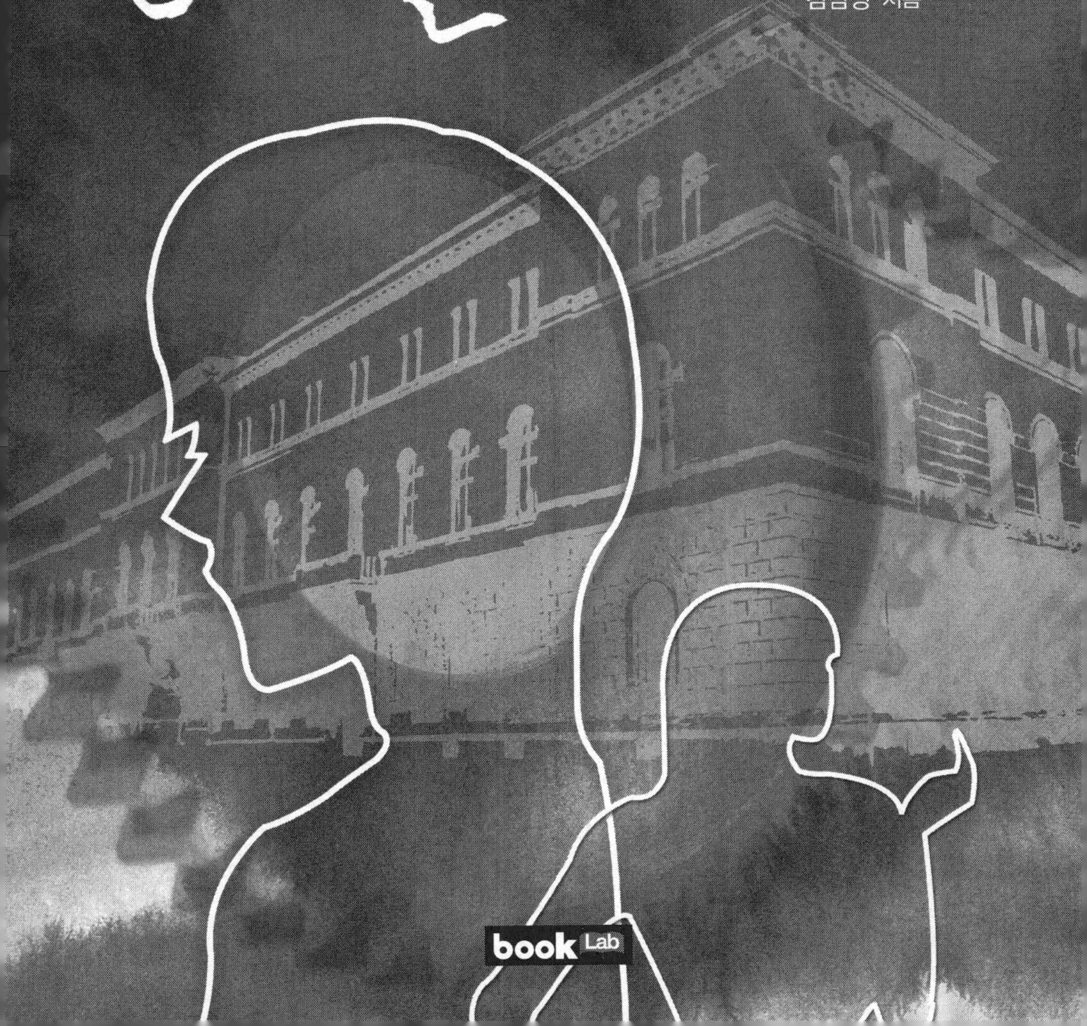

bookLab

목차

제 *1* 장

아름드리 낙엽송이 골짜기 가득 연초록색을 띠며 큰 키를 자랑하고 있었다. 평창군을 한 바퀴 돌아 주천 쪽으로 흐르는 얼음처럼 차가운 강물이 평창읍을 들어서기 전에 잠시 들렀다 가는 곳. 뇌운계곡.

평창강 물이 작을까 염려되어 물이라도 보태주려나. 아름드리 낙엽송 사이로 거센 물줄기가 가파른 계곡을 타고 거침없이 쏟아지고 있었다.

두레박골. 사자산 삼봉에서부터 이어진 장장 8킬로미터나 되는 긴 계곡. 한 번 오르면 반드시 하루가 지나야 내려올 수 있다는 험준한 계곡이다.

약초꾼 움막인가. 온갖 약초가 바위와 칡넝쿨 위로 가득 널려 있고, 집채만 한 덩치 큰 바위 둘 사이로 비닐이 쳐진 작은 움막이 하나 있었다.

"응애"
"응애"

갓난아기 울음소리가 우렁차게 들렸다. 움막 안에는 이제 막 출산한 산모가 피를 흘리며 누워 있고, 그 앞에 두 남녀가 각각 아기를 하나씩 안고 무릎을 꿇고 앉아 있었다.

"민지야! 동규야! 내 말 명심해라! 너희는 이 길로 이 나라를 떠나라. 아기는 반드시 너희 호적에 올려놓고, 이름은 가르쳐준 그대로 지어야 할 것이다. 그 아기들이 성인이 되는 그날, 아기 아빠를 찾아가거라!"

출산한 산모가 지친 기색도 없이 또박또박 말했다.

"염려 마십시오! 이모님! 꼭 이 아기들을 무사히 키워서 아빠 품으로 돌려보내겠습니다."

두 남녀가 눈에 눈물을 하염없이 흘리며 동시에 대답했다.

"자! 이거."

산모가 품에서 뭔가를 꺼내 두 남녀에게 하나씩 나눠줬다. 둥근 황금으로 된 패였는데. 삼분의 일로 잘라진 것들이었다.

"이……! 이건?"

두 남녀가 조각난 패를 하나씩 손바닥에 들고 산모를 바라보며 놀라고 있었다.

"그래! 황께서 증표로 주신 것이다! 황을 대신하는 영패다!"

산모가 말했다. 무척 자랑스러워하는 기색이 얼굴에 나타났고, 산모의 얼굴에는 존경과 두려움까지 서렸다.

"헌데? 왜? 조각이……?"

남자가 여자 손에 든 조각과 자신이 든 조각을 맞춰보며 물었다.

"그래! 모두 세 조각으로 나눠졌는데…… 한 조각은 잃어버렸다."

산모가 말했다.

"한 조각을 잃어버렸다고요? 그럼 그 조각을 주워서 황손 행세를 해도 막을 수 없다는 겁니까?"

이번엔 여자가 황당하다는 표정으로 물었다.

"그게 하늘의 뜻이라면 어쩌겠니?"

산모가 힘겨워하며 말했다.

"이모님!"

두 남녀가 눈물을 줄줄 흘리며 산모를 불렀다.

"시간 없다! 여기서 더 머뭇거리면…… 너희 둘과 우리 아기들도 목숨을 잃게 된다. 얼른 떠나라! 민지는 강을 건너서 택시라도 타고 최대한 빨리 강원도 땅을 벗어나 서울로 가라! 동규는 산을 넘어 주천으로 가라! 거기서 차를 타고 제천으로 가서 기차를 타고 부산으로 가라! 그리고 이 나라를 벗어나라! 우리 두 아기 중 하나라도 반드시 살려야 한다. 가라!"

"흑흑…… 이모님! 다시 뵐 수도 없을 것 같습니다. 부디 좋은 곳으로 가시길 빕니다."

남자가 먼저 산모에게 절하며 작별 인사를 했다.

"이모! 꼭 천국에 가세요. 천국에서 뵐게요."

여자도 울면서 작별 인사를 했다.

"그래! 잘 가라!"

산모가 힘겨운 듯 겨우 작별 인사를 하고 눈을 스르르 감았다.

"이모!"

여자가 놀라 소리쳐 불렀다. 죽은 줄 알았던 모양이지만, 산모는 힘겹게 눈을 다시 뜨고 입가에 미소를 지어 보였다.

두 남녀는 아기를 하나씩 안고 움막 밖으로 사라졌다.

"흐흐흐……"

비릿한 웃음소리가 들리더니 움막 밖 50여 미터 떨어진 곳에 중년 남자 둘이 나타났다.

"여기 있습니다."

방금 산모 앞에서 눈물까지 흘리며 아기를 안고 도망을 치겠다던 두 남녀가 아기를 중년 남자에게 각각 하나씩 건넸다.

"수고들 했다!"

청색 점퍼를 입은 중년 남자가 말했다. 중년 남자 둘이 각각 주머니에서 봉투를 꺼내 두 남녀에게 하나씩 줬다.

"감사합니다."

두 남녀는 봉투를 두 손으로 공손히 받아들고 고개를 숙이며 말했다. 그러나 바로 그 순간, 두 중년 남자 손에서 뭔가 번쩍 빛을 내며 고개를 숙인 두 남녀의 목을 스쳐 지나갔다.

"크윽!"

두 남녀는 손으로 목을 움켜쥐고 피를 흘리며 쓰러졌다. 잠시 꿈틀대던 두 남녀는 곧 잠잠해졌다. 절명한 것이다.

"미안하지만 네놈들 입도 믿을 수 없거든."

중년 남자 하나가 중얼거리듯 말했다.

"둘째 황비는?"

청색 점퍼를 입은 중년 남자가 다른 중년 남자에게 물었다.

"이놈들 하고 같이 태워버려야 깨끗하지 않겠어? 우선 이놈들부터 움막에 옮겨놓고. 움막채로 태워버리자고."

중년 남자가 아기를 풀밭에 뉘어놓고는 죽은 남자 시신의 두 다리를 잡고 질질 끌고 가기 시작했다.

"응애~"

풀밭에서 아기는 힘차게 울기 시작했다. 아기 울음소리가 들리는 가운데 청색 점퍼를 입은 중년 남자도 아기를 풀밭 위에 내려놓고 여자 시체를 옮기기 시작했다.

"자! 장작과 기름 여기 있네. 얼른 태워버리고 가자고."

중년 남자 둘은 서둘러 산모가 누워 있는 움막에 두 시신을 던져버리고, 밖에다 장작을 쌓고 나뭇가지를 주워 움막 밖에 늘어놓기 시작했다.

"응애"

"응애"

아기의 울음소리가 차츰 작아지더니 이젠 전혀 들리지 않는데도 중년 남자들은 전혀 눈치를 채지 못했다.

"아기가 어디 갔지? 이런 우라질!"

움막에 불을 붙이고 뒤늦게 아기가 없어진 것을 안 중년 남자들은 서둘러 아기를 찾아 떠났다.

"콜록! 콜록!"

움막 뒤쪽 바위 틈새로 뭔가 엉금엉금 기어 나왔다. 온몸에 피가 얼룩진 움막에 있던 그 산모다. 그런데 산모 품에 아기가 하나 안겨 있었다.

"콜록!"

산모는 아기를 안고 연기를 피해 숲속으로 사라졌다.

"우라질!"

중년 남자 둘이 성질을 못 이겨 뇌운계곡 길가에 있는 애꿎은 돌멩이만 발로 걷어차고 있었다.

"그래도 다행인 것은…… 이게 우리 손에 있다는 겁니다."

청색 점퍼를 입은 중년 남자가 손에 조각난 패를 들어 보이며 말했다.

"그게 뭐 어떻다는 겁니까?"

다른 중년 남자가 화를 벌컥 냈다.

"이거만 있으면 아무 아기나 길러서 황손이라고 하면 될 것 아닙니까? 박형에겐 이번에 태어나는 손이 하나 있다고 했잖습니까?"

청색 점퍼를 입은 중년 남자가 의기양양하게 말했다.

"오! 그거 묘안이오!"

중년 남자가 얼굴에 화색을 띠었다.

"그런데 하나 걸리는 것은……."

청색 점퍼를 입은 중년 남자가 길가에 이제 막 새싹이 돋아나는 쑥을 하나 뜯어 코에 대고 냄새를 킁킁 맡으며 말했다.

"걸리는 것이라 하시면?"

중년 남자가 물었다.

"이게 왜 세 조각이냐 이겁니다."

청색 점퍼를 입은 중년 남자가 황금색의 조각난 영패를 손에 들어 보이며 말했다.

"그거야……! 하나는 잃어버렸다고 했잖습니까?"

또 다른 중년 남자가 대수롭지 않다는 투로 말했다.

"그렇다면 다행이고요……. 음! 그것 참! 뭔가 개운치 않은 이 기분은 뭔지……!"

청색 점퍼의 중년 남자는 고개를 갸웃거리며 뭔가 석연치 않다는 눈치다.

"자! 그냥 갑시다. 여기서 더 머뭇거리면 경찰이 올 겁니다."

중년 남자가 움막에서 나는 연기를 바라보며 말했다.

"허참!"

뭔가 아쉬운 듯 청색 점퍼를 입은 중년 남자는 계속 뒤를 몇 번이고 돌아보며 그 자리를 떠났다.

제 *2* 장

무향도. 지구에서 유일한 왕국.

도지현. 가난한 농사꾼에서 딱 한 가지를 발명해서 세상에서 최고 부자가 된 사람. 그가 발명한 것은 바로 자력을 차단하는 얇은 금속.

자석으로 무공해 동력을 발명하려던 많은 발명가들이 단 하나 자력을 차단하는 물체를 만들지 못해 좌절하고 말았다. 우연히 동굴 속에서 그런 자력을 차단하는 금속을 발견한 도지현. 그는 자석의 힘만으로 움직이는 동력을 발명하여 자동차와 공장 기계에까지 모터 대신사용이 가능하게 개발해서 국제적으로 특허를 내서 그 특허를 경매에 붙였다.

세계 각국에서 경매에 참여하여 S국에서 최종 낙찰됐다. 낙찰가는 어마어마했다. 일시불 1경 달러. 매년 100조 달러씩 200년간 지급.

무향도. 제주도 크기의 섬과 건축물 국가 방어를 위한 무기 지급.

도지현은 그 섬에다 왕국을 세웠다. 단 하나, S국과 도지현 사이의 계약 조건에서 "상속은 반드시 친형제 자매에게만 준다."는 조항이 있다.

매년 100조 달러를 도지현이 세운 왕국에 지급함에 있어서 반드시 친족에게만 상속을 이어간다는 조항이 문제였다. 그건 엄청난 음모였다.

이미 나이가 50대에 들어선 3대독자 도지현이 살아야 얼마나 더 살까. 자손이 없다면 S국은 더 이상 100조 달러씩 매년 지급하지 않아도 되는 것이다.

석유 자원이 이미 바닥을 드러낸 지금 자석의 힘만으로 움직이는 동력은 지구의 미래를 책임질 청정에너지다.

S국은 도지현의 자손이 없다면 그야말로 그 황금덩어리 청정에너지 특허권을 가로챌 수 있게 되는 것이다.

도지현이 섬에 왕국을 세운 지 10년.

원인 모르게 도지현의 부인들이 낳은 아기는 이런저런 사고로 모두 죽고 말았다. 모두 세 명의 아들과 두 명의 딸이 그 원인도 가지가지로 모두 죽었다. 급기야 부인마저 항공기 사고로 죽었다.

이제 도지현이 늦게 맞은 젊은 아내에게 모든 초점이 맞춰졌다. 도지현의 젊은 아내는 둘. 임신한 두 부인은 비밀리에 빼돌려졌다.

그러나 유 씨라는 젊은 부인은 곧 물에 빠져 죽은 채 발견되어 모든 사람에게 충격을 줬다. 김 씨라는 부인만 행방이 묘연했다.

자칭 '무향도 도황'이라 부르는 도지현은 생애 네 번째 아내를 맞이하고 있었다.

도지현의 나이 52세. 새로 맞이하는 아내는 방년 22세였다. 30년 차이. 그래도 모든 사람들은 그녀를 신데렐라로 부른다.

도원 황궁.

40만 평 대지 위에 거대한 대리석을 사각으로 잘라 성벽을 쌓고, 단하나의 입구엔 모두 세 개의 육중한 철문이 50미터 거리를 두고 있었으며, 철문마다 신형 소총으로 무장한 군인이 철통같은 경비를 서고 있었다.

그 세 개의 문을 통과해야만 비로소 도원 황궁에 들어갈 수 있었다.

세 개의 문을 통과하면 바로 1천 여 평의 연못 위로 아치형 돌다리가 놓여 있고, 그 돌다리 중간에도 무장한 군인 네 명이 서 있다.

연못을 지나면 바로 헬기 비행장이 나오고, 천연 잔디 광장이 5만 여 평 정도 크기로 있다.

좌우로 온갖 나무들이 아름답게 꾸며져 있고, 잔디 광장 건너편에 건평 2천 평짜리 5층 대리석 건물이 우뚝 서 있다.

바로 도원 황궁이다.

어떤 폭격에도 견딜 수 있는 견고한 건물로 알려졌다.

도지현은 10년 동안 세계 선진국 13개 국가에 엄청난 돈을 투자했고,

그 투자 이익만도 이미 1년에 100조 달러가 넘는 것으로 알려졌다.

S국에서 지급하는 연간 100조 달러 외에 투자로 벌어들이는 금액도 이미 100조 달러가 넘어서고 있었다.

그런 도황. 도지현의 결혼식이 있는 날이다. 철저한 경비 속에 각국의 VIP들만 초대를 받아 참석했다. 2천여 명.

넓은 잔디 광장에 탁자와 의자를 놓고 모두 자리에 앉아 음식을 들고 있었다.

"황께서 오십니다."

장내 진행자가 말했다.

모두 자리에서 일어섰다. 비록 나라는 적지만 돈이 많은 나라였다. 잘 보여야 투자를 받는다. 참석한 귀빈들 대부분이 다 같은 생각이다.

누구 하나 도지현이 정말 존경스러워 자리에서 일어나는 것은 아니다. 굳이 밉보일 필요가 없기 때문이다.

신랑 도지현이 자리를 잡자 세계적으로 유명한 오페라 가수가 축하곡을 부르는 가운데 스물두 살밖에 되지 않는 앳된 새로운 황비가 네 명의 소녀의 인도를 받으며 걸어왔다.

무척이나 아름다운 여인이다.

문아령.

현재 대학생이다.

"황께서 새로운 황비를 맞이하셨습니다. 모두 축하의 박수를 보내주십시오!"

장내 사회자 말에 따라 모두 일어서서 박수를 치는 요란한 소음 속에 누군가 은밀히 나누는 대화가 들렸다.

"분명히 임신을 못하는 여인이 맞소?"

"물론입니다! 절대 임신은 못할 것이니 염려 놓으시죠."

"둘째 황비는 분명히 잘 처리됐다고 들었소만?"

"엄청난 화재였소. 시체도 다 타서 유골만 남았다 합니다."

"쌍둥이를 출산했다던데? 그 아기들은 현재 어디에 있소?"

"하나는 잘 처리됐는데…… 하나는 놓쳤소. 그러나 염려하지 마시오. 황패도 없이 다시 돌아오긴 힘들 것이오."

은밀한 대화가 오가는 가운데 화려한 결혼식도 끝나고 있었다.

평창강 차디찬 물줄기도 쏟아지는 장맛비에 흙탕물이 되어 거세게 흘러가면서…….

18년이라는 세월이 지나간다.

제 3 장

빨간 야자대추가 거대한 수수이삭처럼 매달려 있는 키 큰 야자나무들이 4차선 도로 양쪽으로 끝없이 늘어서 있는 무향도 중심가.

높은 빌딩들이 숲을 이루고 야자나무를 내려다보고 있었다.

월드빌딩. 무향도 중심가 향동에서 가장 높고 거대한 빌딩이다.

건평 3천 평에 87층. 80층부터는 호텔이다. 1층부터 80층까지는 은행, 보험 등 금융기관이 모조리 차지하고 있었다.

월드금융. 바로 무향도 재산을 관리하는 곳이다. 세계 각국에 투자를 관리하는 곳이기도 했다.

"굿모닝! 여러분! 굿모닝이에요!"

월드빌딩 3층 장수보험회사. 건강보험을 주 상품으로 판매하는 회사다.

아직 스무 살이 안 된 예쁜 소녀가 직원들 책상에 커피를 하나씩 나눠주며 상냥하게 인사를 하고 다녔다.

성진진. 검고 큰 두 눈이 무척 귀여운 아가씨다. 방년 만 18세.

180센티미터의 큰 키에 늘씬한 몸매지만 한 가지 흠이 있었다. 절벽.
가슴이 그냥 브래지어 하나만 걸친 듯 너무도 밋밋했다.

"예쁘고 섹시하고 귀엽기까지 하지만 아쉽다. 너무 절벽이야!"
장수보험 남자 직원들은 진진을 보며 슬쩍 한마디씩 하는 걸 잊지 않
았다. 그렇다 하여 진진을 싫어하는 직원들은 아무도 없었다. 항상 긍
정적이고 밝고 명랑해서 모든 직원이 진진을 좋아했다.

"진진, 오늘도 늦지 않았구나!"
돼지처럼 살이 뒤룩뒤룩 찐 황 과장이 제일 반가워했다.
"커피가 없으면 난 살아가는 재미를 몰라!"
황 과장만의 철학이다.
"굿모닝! 안녕하세요? 아저씨!"
진진은 황 과장을 아저씨라 부른다.
장수보험 영업부 황 과장. 영업부 127명 직원 중 유일하게 진진이 아
저씨라 부르는 사람이다. 황 과장은 늘 그것이 불만이다.

"왜 나만 아저씨냐?"
황 과장은 가끔 진진에게 투덜거리지만 그래도 좋았다. 자신의 아들
과 친하게 지내는 진진이기에 친구 아버지를 아저씨라 부르는 진진에게
진심으로 불만이 있어서 묻는 것은 아니기 때문이다.
황 과장이 농담으로 그렇게 물으면 진진의 대답은 늘 한결같았다.

"아저씨 덩치가 제일 크거든요. 히히……."

역시 장난을 치는 말인데, 그 농담 속에 칼날이 숨겨져 있다는 것을 황 과장은 잘 안다. 틀림없이 아들 녀석이 그 칼날을 진진에게 부탁했을 것이다.

"아빠! 제발 살 좀 빼!"

이것이 아들 녀석의 칼날이다.

127명 장수보험 영업부 직원들에게 매일 아침 커피 배달을 하는 진진. 그녀는 장수보험 직원이 아니었다. 커피장수였다.

월드금융 1층 진 커피숍을 운영하며 매일 아침 월드금융 일부 회사에 커피를 직접 배달하는 진진.

바로 황 과장의 아들 황이철과 같이 동업을 시작한 지 벌써 3개월째. 둘이 아침에 배달하는 커피가 무려 4천 여 컵에 이른다.

저녁에 다시 한 번 배달을 하는데, 저녁엔 아침의 절반도 안 된다.

3개월 만에 하루 커피 판매량이 무려 6천 여 컵. 그것은 모두 진진 때문이다.

누구나 귀여워하는 진진 때문에 커피 판매 그래프는 급경사를 이루며 고공행진을 하고 있었다.

여행용 가방처럼 만든 보온가방에 커피를 담아 끌고 다니며 2천 여 컵을 배달하고 나면 온몸에 땀이 흐른다.

새벽부터 컵에 커피를 담아 포장하고 보온가방에 담아 준비를 하는 데만도 무려 3시간.

배달은 신속하게 1시간 내에 끝내야 한다.

직원들이 아침에 출근하면 바로 마실 수 있게 배달해줘야 하기 때문인데.

둘이 4천 여 개를 배달하다 보니 땀이 나도록 뛰어다녀도 2시간은 족히 걸린다.

"난 진진이 배달해주는 커피가 좋아!"

짓궂은 남자 직원들 때문에 이틀에 한 번씩 직원들을 바꿔가며 이철과 진진이 커피를 배달해도 진진이 배달하는 경우가 더 많다.

"사내 녀석이 허약하긴……!"

진진이 늘 이철을 보며 놀리는 말이다. 모든 면에서 이철은 진진을 따라가지 못한다. 달리기도 진진이 빠르고.

주문을 받아 오는 것도 거의 진진 몫이었다. 머리도 진진이 더 좋아서 계산도 모두 진진이 한다. 커피도 진진이 만들어야 맛있지만 단 하나 그래도 남자라고 힘은 이철이 세다.

쌩~

진진이 아침 인사를 하며 커피를 책상에 올려놓고 사라지는 속도는 그야말로 빛의 속도다.

"2시간 만에 이천 개를 배달하려면 1분에 거의 20개는 배달해야 하니

1개를 배달하는 데 걸리는 속도는 3초를 넘기지 않는다.

"오빠는 블랙이고, 언니는 원두고, 오빤 설탕 하나에……."

진진은 그 많은 직원들 입맛까지 줄줄 외우고 다닌다.

"진진! 굿모닝!"

누구나 그냥 커피만 받지 않는다. 반드시 아침 인사를 하는 걸 빠뜨리지 않는다. 간혹 사탕이나 먹을 것 또는 꽃이나 선물 같을 걸 줄 때도 있다.

"진진! 선물이야!"

누군가 선물을 주면 진진은 절대 사양하지 않고 고맙다는 인사를 하며 빛의 속도로 받아 가지고 간다.

"성의를 무시하면 기분 나쁘잖아!"

이철이 준다고 다 받느냐며 투덜거리면 진진은 항상 그렇게 대답한다.

"오, 나의 사랑 진진!"

은근히 진진에게 사랑을 고백하는 짓궂은 남자들이 있지만……. 항상 미소로 답하는 진진.

질투심 때문인가. 이철은 그런 남자 직원들을 경계한다.

그 남자들에게는 자신이 직접 배달하겠다고 우긴다.

"진진! 어머니는 어때?"

장수보험 상품기획실 대리 윤지가 진진이 배달해준 커피를 받아 들고 물었다.

"항상 그렇지 뭐."

진진이 윤지 앞에 놓인 의자에 털썩 앉으며 손으로 이마의 땀을 대충 닦아내며 말했다. 벌써 2천 여 개 배달의 종착지다. 윤지하고 수다를 떨기 위해 마지막 배달은 항상 윤지로 정해놓았다.

"오늘 공지 봤니?"

윤지가 자신의 책상 서랍에서 하얀 수건을 꺼내 진진의 얼굴에 흐르는 땀을 닦아주며 물었다.

"공지라니? 무슨 공지?"

진진이 의아한 표정을 지으며 물었다.

"황궁 비서실에서 공지를 발표했는데……, 오는 5월 8일 고시를 실시한다고 했어. 너도 참가 할 거지?"

윤지가 말했다.

"참가 신청은 언제까지래?"

진진이 반색하며 물었다.

"다음달 15일까지."

윤지가 얼른 대답했다.

"윤지 넌 무슨 고시를 볼 건데? 역시 행정이지?"

진진이 물었다.

"아니……! 난 요리 쪽으로 가려고."

윤지가 말했다.

"뭐, 요리? 넌 행정고시를 보려고 공부 많이 했잖아? 그런데 요리라니?"

진진이 이해할 수 없다는 표정으로 묻는다.

무향도 황궁에 근무할 직원을 뽑는 고시를 5년에 한 번씩 실시하는데, 올해가 바로 고시가 있는 해다. 고시는 법, 행정, 군, 경, 요리, 특별의 6개 분야로 나뉘어 치러진다.

특별이란 황궁 내에서도 가장 고위직으로, 황을 측근에서 보필하는 비서, 경호, 사무 등에 속한다.

"진진, 너도 요리 쪽으로 갈래?"

윤지가 같이 가자는 얘기다.

"뭐야? 또 커피나 만들라고? 싫다! 난 특별에 비서직에 지원할 거야."

진진은 항상 황궁 비서직을 원했다.

"비서로 가서 커피나 만들려고?"

윤지가 그게 그거 아니냐는 듯 미소를 띠며 물었다.

"응! 그래도 내 커피를 황께 드릴 수 있으니 얼마나 좋아!"

진진이 배시시 웃었다.

"넌 왜 황께 가까이 가려는 것인데?"

윤지가 알 수 없다는 투로 물었다.

"보고 싶어서……."

진진이 말끝을 흐렸다. 잘못 본 걸까. 진진의 눈가에 반짝 이슬이 맺힌 것은……

　"너! 그거 아니? 황궁 비서실엔 밥맛이 둘이나 있다는 걸?"
　윤지가 말했다.
　"알아! 첫째와 둘째 쌍둥이 왕자님들 말이지?"
　진진이 말했다.
　"그래! 우리와 나이도 같다던데……. 누군 태어나면서 왕자에다 그 많은 재산을 상속받을 축복받은 씨고. 우린 뭐냐! 겨우 황궁에 일자리 얻으려고 고시나 보려고 발버둥치고 있다니……!"
　윤지는 억울하다는 표정이다.
　"그러게…… 첫째, 셋째 황비께선 자손도 없이 돌아가시고……. 넷째 황비께선 임신을 못하시고. 오로지 행방불명된 둘째 황비께서 낳으셨다는 그 두 쌍둥이 왕자들뿐이니 당연히 그중 한 분이 상속자로 정해지겠지만. 아직은 정해진 것도 아니니깐."
　진진이 말했다.
　"너……! 혹시?"
　윤지가 뭔가 눈치를 챈 듯 진진을 묘한 눈으로 바라보며 물었다.
　"뭐가?"
　진진이 윤지의 묘한 눈길을 슬쩍 피하며 되물었다.
　"맞네! 너 왕자님들한테 관심이 있구나?"
　윤지가 손뼉까지 치며 자신의 생각이 맞았다는 듯이 결론을 내리고 있었다.

"히히…… 관심? 그래! 관심이야 많지!"

진진이 묘한 미소를 지으며 말했다.

"좋아! 나도 너 따라간다. 특별 분야 비서직 요리 쪽으로……!"

윤지가 결정을 내렸다.

"뭐? 에고……! 경쟁자가 하나 더 생겼네."

진진이 호들갑을 떨었다.

"아마 500 대 1은 될 걸……!"

윤지가 빙긋 웃으며 말했다.

"히히……! 더 될 거야. 이철이 녀석도 같이 갈……."

진진이 여기까지 말했을 때였다.

"녀석이라니? 나 없다고 몰래 욕이나 하고……!"

땀으로 목욕을 한 듯 옷이 흠뻑 젖어 회색 옷인지 검은 옷인지 구별이 안 되는 이철이 진진의 뒤에 나타나 투덜거렸다. 키는 진진보다 조금 작지만 몸집은 더 컸다.

"아빠를 닮아가니?"

진진은 늘 그렇게 놀렸다. 살을 빼라는 충고였다. 다행인 것은 커피배달이 많아 매일 땀을 흘린 보람이 있어 이철은 살이 많이 빠져 건강해졌다.

제 4 장

늦은 오후.

퇴근 시간 후에도 남아서 일하는 직원들 커피를 배달해주고 가게로 돌아온 진진을 이철이 청소를 다 해놓고 같이 퇴근하려고 기다리고 있었다.

"왜? 먼저 가지 그랬어?"

기다려준 이철이 고맙기도 하지만 진진은 이철 걱정을 먼저 했다. 기다리지 않고 먼저 갔으면 이철이 아버지와 같이 갈 수 있었기 때문이다.

"야! 너 내려주고 가야지……! 내가 혼자가면 누구 좋으라고? 너 또 지난번처럼 상품기획실 오 대리 차를 타고 가려고? 안 되지 절대. 앞으론 내가 꼭 널 집까지 데려다주고 간다."

이철이 진진의 어깨를 왼손으로 툭툭 치면서 말했다.

"어 어! 너! 은근 슬쩍 스킨십이냐?"

진진이 마치 몸에 벌레라도 붙은 듯 이철의 손을 피하며 자신의 손으로 툭툭 털었다.

"야! 난 뭐 남자도 아니냐? 내가 손만 대면 난리야"

이철이 투덜거렸다.

큰 야자대추 나무 사이로 간혹 한 그루씩 서 있는 소철에도 오렌지색 밤 같은 예쁜 열매가 소복이 잔털 속에 담겨 있었다.

이철의 차는 소철나무 옆의 길가 주차장에 세워져 있었다. 이철의 차는 청색 소형 승용차다.

자석을 이용한 차량이라 시동을 거는 방식이 특이하다. 서로 밀고 당기는 자력을 이용해 움직이는데, 당겼다가 멈추게 하는 장치가 바로 자력을 차단하는 금속이다. 바로 그 금속 하나를 발명해서 지금의 무향도가 생긴 것이다. 그 장치를 밀어 넣어주면 엔진이 움직인다.

"사람들은 왜 소철 열매를 안 먹을까?"

진진이 큰 밤알 정도 되는 오렌지색 소철 열매를 따서 이빨로 껍질을 벗기고는 아삭아삭 깨물어 먹기 시작했다.

"그렇게 맛없는 열매를 누가 먹어? 진진이 너나 별종이니까 먹지. 비릿하고 생콩 같은 그런 게 뭐가 좋다고……. 아! 또! 여자한테 좋은 거라고? 알았어! 얼른 타기나 해."

이철이 승용차에 먼저 타고는 차창 유리를 내리며 소리쳤다.

"진진!"

저만치 남자 하나가 달려오며 진진을 불렀다.

"저건 왜 아직 안 갔지!"

이철이 달려오는 남자를 발견하고 투덜거렸다. 바로 조금 전 자신이 말했던 바로 그 월드보험의 상품기획실 오진명 대리였다.

"진명이 너 아직 안 갔니?"

진진이 의외라는 표정으로 물었다.

"진명이 뭐야? 오빠라니까."

진진과 비슷한 체구의 잘생긴 남자 오진명. 그는 진진보다 한 살 많다고 알려졌다. 겨우 열아홉 살 나이에 대리로 승진했다.

상고를 나와 월드보험에 입사한 지 5개월 만에 초고속 승진을 한 것이다. 모두가 인정하는 실력으로…….

무향도 젊은이 대부분은 직업을 가지고 일하면서 틈틈이 공부하는 방식으로 대학을 간다. 무엇보다 5년에 한 번씩 열리는 고시를 통해 황궁에 들어가야 젊은이들 대부분이 원하는 가장 좋은 대학에 자동 입학하며 무료로 대학 과정을 배울 수 있기 때문에 오로지 5년을 고시 공부만 하며 기다리는 것이다.

황궁 뒤쪽의 100만 평 부지에 세워진 무향도 최고의 무향대학교.

무향도 인구가 겨우 200만 정도인데…… 무향대학교 학생 수는 자그마치 4만 명 정도 된다.

물론 외국에서 유학을 온 학생들도 많다.

"얼른 안 타고 뭐해?"

이철이 질투를 느낀 모양이다. 꽥 하고 소리를 지른다.

"웅! 그래! 진명이 너도 타라! 너 오늘 차 없잖아?"

진진이 이철 쪽을 보고 대답하고는 다시 진명을 보며 물었다.

"헤…… 역시 진진이만 날 알아준다니까!"

진명이 너스레를 떨며 진진이보다 먼저 이철이 차에 올라탔다.

"이……!"

이철이 뭐라 말을 하려다가 참는다.

야자대추 큰 나무들 숲을 모조리 벗어나 하얀 백사장이 마치 백설기를 칼로 썰어놓은 듯 반듯하게 다듬어진 해수욕장에 이철의 차가 도착했다.

"고마워! 내일 보자!"

진진이 이철의 차에서 내리며 손을 흔들었다.

"잘가! 오빠 꿈꾸고……."

진명이 차창 유리문 밖으로 머리를 내놓고 싱글벙글 웃으며 말했다.

"어 어! 조심……."

진진이 놀라 소리쳤다. 화가 났는지 이철이 차를 급하게 몰고 떠났기 때문이다. 하마터면 진명의 머리가 소철나무 억센 잎사귀에 부딪칠 뻔했던 것이다.

"저 녀석 성질머리하곤……."

진진이 빙긋 미소를 지으며 혼자 중얼거렸다.

"아차! 배 떠날 시간이다!"

진진이 오던 길을 되돌아 달리기 시작했다.

"젠장! 언제까지 이렇게 숨기며 살아야 할까."

진진이 투덜거리며 달려간 곳은 해수욕장 옆 조그만 부둣가였다. 10여 명 정도 탈 수 있는 작은 배가 사람들을 태워 떠나려고 막 움직이고 있었다.

"할아버지! 기다려요!"

진진이 달려가며 소리를 질렀다.

"오늘은 왜 늦었느냐?"

얼굴에 검버섯이 많이 난 노인이 배에 시동을 걸면서 카랑카랑한 소리로 말했다. 이 배 주인인 선장 할아버지다. 사공이니 선주니 그런 말보다 '선장 할아버지'라 부르면 아주 좋아한다.

"히히……! 겨우 1분 늦을 걸 가지고 그러세요?"

진진이 숨을 헐떡이며 배에 올라타고는 사람들 틈에 앉으며 노인에게 말했다.

"전자시계가 늦으니 걱정했지."

진진의 옆에 앉은 콧수염이 팔자로 길게 난 중년 남자가 말했다.

"암! 진진인 누가 뭐래도 전자시계지."

노란 개나리꽃 같은 예쁜 옷을 입은 중년 부인이 옆에서 맞장구를 쳤다.

"예쁘고 귀엽고 착하고. 누구한테 시집을 가려나. 그놈 복 터진 놈이지."

선장 할아버지가 같이 맞장구를 쳤다.

"에구, 주머니에 돈도 없는데 비행기를 자꾸 태우시면 삯은 뭐로 드릴까요? 뽀뽀나 해드려야지."

진진이 장난스럽게 미소를 지으며 일어서서 선장 할아버지 볼에다 뽀뽀를 했다.

"이야! 할아버지 오늘밤에 잠 못 주무시겠네."

진진이 나이 또래의 청년이 너스레를 떨었다.

장병우. 진진이보다 한 살 아래로, 이제 고등학교 졸업반이다. 초기 교육 열풍을 타고 초등학교에 입학하는 나이가 겨우 다섯 살이다 보니 열여덟 살이면 고등학교를 졸업한다.

"누나!"

병우가 진진을 부른다.

"……!?"

진진이 병우를 바라보았다.

"아까 낮에 엄마 병원에 다녀오던데. 많이 아프신 거야?"

병우의 물음에 금방 진진의 눈가에 눈물이 가득 고였다.

"넌 공부는 안 하고 또 땡땡이 쳤지? 그러니까 진진이 엄마 병원에 가신 것도 알고?"

노란 옷을 입은 중년 부인이 야단치듯 말했다. 병우 엄마다.

"누나! 미안해!"

병우가 진진의 눈가에 가득한 눈물을 보고 미안해했다.

"우리 진진이가 착하고 예뻐서 반드시 네 엄마는 살아날 게다. 그러니 너무 슬퍼하지 말거라! 때로는 의학보다 사람의 의지로 병을 치료하는 경우가 많단다. 네 엄마가 널 놔두고 이대로 눈을 감지는 않을 테니 용기를 내거라!"

팔자로 수염이 길게 난 중년 남자가 진진의 어깨를 손바닥으로 토닥거리며 말했다.

"암! 암! 그렇고말고."

병우 엄마도 같이 거들었다.

"에고! 어쩔까……."

선장 할아버지가 안타깝다는 투로 하늘을 쳐다보며 중얼거렸다.

배는 바다 가운데 보이는 작은 섬을 향해 천천히 미끄러지고 있었다.

음도.

생긴 모양이 콩나물 머리 같은 음표처럼 생겼다 하여 붙여진 섬.

S국에 속한 땅이지만, 무향도와 가까운 관계로 S국에서 관심을 두지 않는 섬으로 버려진 섬이라 칭한다.

버려진 섬 음도.

그 작은 섬에 총 네 가구가 살고 있다.

선장 할아버지와 할머니 두 분이 사는 집.

병우와 여동생 진희 그리고 병우 부모님 이렇게 네 식구가 사는 집 그리고 수염이 여덟팔자로 길게 난 중년 남자 혼자 사는 집과 진진이 홀어머니를 모시고 사는 집 이렇게 4가구였다.

묘하게도 무향도 주인이 S국과 자석을 이용한 동력장치 특허권을 매매하는 계약서에서 상속문제를 잘못 읽은 실수를 했다면 S국은 무향도 바다를 섬에서 사방 100킬로미터로 선심 쓰듯 주면서 이 작은 섬을 깜빡했다는 후문이다.

그렇게 해서 바다는 무향도 바다요, 땅은 S국 소유가 되는 섬이 바로 음도였다.

섬의 크기는 겨우 1만여 평.

바위산을 빼면 농사를 지을 수 있는 밭은 겨우 2천 여 평 정도.

큰 파도 하나면 족히 집어 삼킬 것 같은 작은 섬이다.

소철도.

음도의 또 다른 이름이다.

바위틈새에 소철나무가 가득 자란다.

섬 전체에 소철나무뿐이다.

마치 울타리처럼 소철나무가 가득한 틈으로 겨우 손수레 하나 지나갈 정도 되는 좁은 길을 따라 50미터 정도 약간 오르막에 20여 평 정도 돌로 벽을 만들고 나무껍질로 지붕을 덮은 집이 바로 진진이 어머니와 함께 사는 집이다.

"엄마!"

진진이 집으로 들어서며 소리쳐 불렀다. 어머니가 어디 있는지 먼저 알고 싶어서였다.

"나 여기 있다."

힘없는 목소리가 건물 뒤쪽에서 들렸다. 진진이 얼른 건물 뒤로 달려 갔다.

우물.

돌로 둥글게 쌓아놓은 우물이 보이고, 그 앞에 회색 상의에 검은 치마를 입은 여인이 앉아서 빨래를 하는 모양이다.

"엄마! 또 빨래를 하고 있었어?"

진진이 화난 표정으로 달려가던 걸음을 우뚝 멈추며 말했다.

"사람은 움직여야지. 움직이지 않으면 없던 병도 생겨."

여인이 힘겨운 소리로 말하며 일어서서 돌아섰다.

오……

이게 어찌 사람 얼굴일까. 얼굴이 온통 상처투성이다. 마치 거미줄 같이 상처로 가득한 얼굴.

코도 뭉텅 떨어져 나가고, 입술도 치아가 드러날 정도로 잘라져 나갔다. 처음 보는 사람이라면 토할 것 같은 얼굴이다.

다행히 두 눈은 검고 커서 무척 예뻤다. 얼굴은 상처로 인해 알아보기 어렵지만 두 눈은 진진과 너무도 닮았다.

"병원에서 뭐래? 많이 좋아졌다고 하지?"

진진이 얼른 달려가서 어머니를 두 팔로 힘껏 안으며 말했다.

"그럼! 엄마 오래 산다고 의사 선생님이 말씀하셨다."

어머니는 목소리에 힘을 주어 그렇게 말했지만 진진은 그 말이 거짓이란 걸 안다.

벌써 4개월 전.

오랜 시간을 진진을 위해 몸이 아파도 참고 일하던 어머니는 결국 의식을 잃고 쓰러졌다. 급히 병원으로 가서 진찰을 받았는데, 술도 드시지 않고 담배도 피우지 않는 어머니가 간암 말기란다.

의사 말로는 누적된 피로와 스트레스 때문이라는데. 그 모든 것이 바로 심한 상처로 망가진 얼굴을 가지고 홀로 진진이 학비와 생활비를 벌기 위해 일을 많이 해야만 했고, 얼굴에 상처 때문에 일터 주변에서 심한 스트레스를 받았기 때문이라고 생각한 진진은 자기 때문에 생긴 병이라는 것을 알고 대학을 포기하고 돈을 벌려고 커피 장사를 시작했다.

시한부 인생 6개월. 이미 4개월이 지나간 지금, 남은 기간은 겨우 두 달이다.

주위에서 좋다는 음식이나 약초를 다투어 가르쳐주었는데, 사공 할아버지가 소철 열매가 좋다고 해서 결국 이 섬 음도로 이사를 했다.

간을 이식해야만 삶을 유지할 수 있다는 것 또한 진진은 알고 있다. 진진이 자신의 간을 이식해드리려고 병원을 찾았지만 진진과 어머니는 혈액형이 달랐다. 물론 돈도 없었다.

"들어가! 오늘은 내가 저녁 준비할게. 엄마는 쉬어."

진진이 어머니를 부축해서 방으로 들어갔다.

"괜찮다고 해도 그러는구나!"

어머니는 그런 진진이 마냥 사랑스러웠다. 이젠 다 컸다고 생각했다.

그래도 어머니는 아직 할 일이 남아 있다. 그 일을 위해 진진이 깔아 주는 요 위에 베개를 베고 누웠다. 잠시라도 잠을 청하려는 것이다. 오늘은 밤샘 작업을 해야 하기 때문이다.

제 *5* 장

　무향도 황궁에서 가장 높은 곳. 5층 도원황궁 옥상.

　넓은 옥상에 미로처럼 만들어진 화단 위로 신비한 약초들이 가득 자라고 있었다. 전 세계 모든 나라에서 가장 귀하고 몸에 좋다는 약초들만 수집해서 기르고 있는 옥상에 10여 평 되는 옥탑 방이 하나 있었다.

　바로 약초 재배를 담당하는 아버지와 아들이 사는 곳이다.

　이름이 무엇인지……. 그냥 '약초선생'이라 부르는 50대 남자와 민영이라 부르는 그의 아들 이렇게 둘이 사는 곳이다.

　별천지. 황궁 내 모든 사람들이 이곳 옥상을 그렇게 부른다. 신비하고 아름다워서 그렇게 부르는 것은 절대 아니다.

　접근 금지.

　그렇다. 아직 누구도 옥상에 올라간 사람이 없었다. 촬영도 허용되지 않는다. 비행금지 구역이기 때문에 공중에서도 볼 수 없다.

　미지의 땅.

　그래서 이곳 옥상은 사람들의 호기심에 가득한 별천지로 통한다.

나이도 모르고 성도 모르고 그냥 이름만 민영이라 부르는 청년.

언제 이곳에 왔는지…….

아직 한 번도 옥상을 벗어난 적이 없다.

옥상에 올라가려면 황궁에서도 일반인 출입이 통제된 황이 기거하는 4층 [가운데] 정궁을 통해야 하므로 일반인은 옥상 구경을 하기 어렵다.

특별비서 박혜림 오직 그녀만 옥상 출입이 허용돼 있다.

하루에 세 번 식사를 옥상으로 가져가기 위한 출입만 허용된다.

혜림이 음식을 특수 보온 가방에 담아 들고 옥상으로 향했다.

총 세 번의 검문검색. 철저한 보안 속에 겨우 올라온 옥상.

"아버님! 민영아!"

혜림이 10여 평 남짓 되는 작은 방에 있는 나무로 된 식탁 위에 음식을 꺼내놓으며 소리쳤다.

저 멀리 옥상 끝에서 약초를 가꾸는 약초선생과 그의 아들 민영의 모습이 보였다.

"오냐!"

약초선생이 먼저 대답했다.

"……!?"

민영은 그냥 손만 흔들었다.

"빨리 오세요! 식기 전에."

혜림이 다시 소리쳤다. 약초선생이 천천히 걸어오기 시작했다. 민영은 그 뒤를 따라 걸어왔다. 넓은 옥상이라서 걸어오는 시간도 꽤 걸렸다.

아래위 모두 삼베로 된 누런 옷을 걸친 50대 약초선생. 나이답지 않게 무척 피부가 젊어 보였다.

그런데…… 그의 아들 민영.

누구와 닮았다. 바로 초고속 승진을 했다는 월드보험 상품기획실 오진명 대리와 닮았다.

아니 아주 똑같았다. 혹시 쌍둥이 아닌지. 아니면 오진명이 이곳에 있는 것인지.

"민영아!"

혜림이 미소를 지으며 민영에게 눈으로 인사를 했다.

"혜림아! 저녁에 올 땐 통닭 한 마리만 부탁한다. 맥주하고. 아빠는 중이니까 풀만 먹어도 되지만, 나는 고기가 있어야 해. 나까지 중이 될 수는 없잖아!"

민영이 상에 차려진 음식을 보며 투덜거렸다.

"알았어! 어서 먹기나 해! 매일 고기 타령은, 쳇!"

혜림이 입을 삐쭉 내밀며 밖으로 나갔다.

"어! 어딜 가?"

민영이 깜짝 놀라서 물었다.

"염려 마! 약초 근처도 안 갈 테니까!"

혜림이 톡 쏘아붙였다.

"저게 입에 가시를 달고 다닌다니까! 여자란 좀 부드러운 맛이 있어야지."

민영이 투덜거렸다.

"……!?"

약초선생은 민영을 보며 뭔가 말하려다가 그냥 빙긋 웃기만 했다.

"왜요?"

민영이 작은 소리로 약초선생에게 물었다.

"식사나 하시죠."

의외였다. 아버지라는 약초선생이 아들 민영에게 존칭을 사용했다. 혜림이 들을 수 없게 아주 작은 소리로.

도원황궁 1층이 갑자기 소란스러워졌다.

고시에 합격해서 겨우 들어온 황궁.

하루도 편할 날이 없었다. 바로 개망나니 둘이 있기 때문이다.

첫째 왕자 도치수.

둘째 왕자 도경수.

바로 그 둘 때문이다.

도지현이 죽으면 다음 대의 황이 될 후계자들. 그들 눈에 거슬리면 법이고 뭐고 보이는 게 없었다. 폭행은 기본이고 밉보이면 승진은 물 건너간 것이고. 심하면 바로 해고된다.

"젠장 둘째가 나타났어!"

누군가 귓속말로 동료에게 말했다. 일하던 직원들은 바짝 긴장하며 꼬투리 잡힐 것이 없나 스스로 점검하기 시작했다.

"약초선생 아들인지 뭔지 나타난 후로 저 망나니들이 더 설치기 시작했어."

누군가 말했다.

사실이었다. 당연히 다음 후계자는 자신들이라 여겼던 그들 앞에 철저한 신비에 가려져 옥상에 살고 있다는 약초선생 아들.

"유전자 검사 결과 황의 아들로 판명됐대."

누군가의 입에서 새어나온 말이 입에서 입으로 전해져 황궁 전체에 퍼져버렸다.

"저 두 왕자는 아직 유전자 검사를 통과하지 못했다더군."

소문에 악성 루머까지 두 망나니를 괴롭혔다.

쾅……!

사무실 문이 거칠게 열리며 청년 하나가 들어왔다.

조용…….

직원들은 숨소리조차 내지 못하고 바짝 긴장했다.

아래위 모두 하얀 양복을 입은 청년.

오른손에는 쇠로 된 지휘봉이 들려 있었다. 공포의 무기.

1미터 남짓한 지휘봉은 황궁 직원들에겐 공포의 무기였다.

눈에 거슬리면 가차 없이 그 쇠로 된 지휘봉으로 때렸다.

망나니도 양심은 있는지 상처가 잘 나는 머리 같은 곳은 때리지 않았다.

주로 때리는 곳이 등 쪽.

"임마! 너! 담배 피웠지? 입에서 담배 냄새 나잖아!"

망나니 입에서 욕설이 터지고 예외 없이 쇠로 된 지휘봉이 직원의 어깨를 강타했다.

"큭!"

나이가 40대 정도 되는 남자 직원의 입에서 비명이 터졌다.

"금연도 몰라? 너 하나 때문에 사무실 공기가 더러워지고 있잖아!"

다시 직원의 어깨에 타격 음이 들렸다.

"이놈 해고시켜!"

망나니가 뒤에 따라 다니는 비서에게 말했다.

"네!"

비서는 얼른 대답했다.

"잠시만 기다려요!"

방금 망나니가 들어온 사무실 현관문으로 소녀 하나가 쪼르르 뛰어오며 말했다.

아래위로 녹색 옷을 입은 귀여운 소녀다.

소녀 뒤에는 여섯 명의 여자 경호원이 따라다녔다.

방년 13세, 황궁중학교에 다니는 진아리.

황궁의 절대 권력자 도지현의 양녀.

바로 약초선생의 딸로 알려지면서 더욱 유명해진 소녀다.

"저거 또 나타났군!"

망나니 둘째 왕자 얼굴이 우거지상으로 변했다.

"오빠! 언제까지 직원들 괴롭히고 다닐 거야? 자꾸 그러면 오빠도 아빠한테 일러서 해고시킨다."

아리가 둘째 왕자에게 호통 치듯 쏘아붙이고는 그 뒤에 서 있던 비서에게도 협박을 잊지 않았다.

"죄송합니다! 공주님!"

황의 사랑을 독차지하고 있는 소녀라 비서는 벌벌 떨었다.

"오빠!"

소녀가 다시 둘째 왕자를 무섭게 노려보며 표정으로 얼른 사라지라는 뜻을 보냈다.

"알았다! 가면 되잖느냐! 간다! 가잖아!"

둘째 왕자가 마지못해 사무실을 나가며 투덜거렸다.

"아저씨, 아팠죠? 어떻게요……? 누가 아저씨 좀 보살펴드려요! 전 다시 오빨 따라가야 해요."

소녀가 매를 맞은 40대 직원의 어깨를 살피며 안타까워했다.

"공주님, 은혜 감사합니다!"

40대 직원은 아리에게 무한한 고마움을 느꼈다.

우리의 천사.

황궁 직원들은 언제나 두 망나니를 물리쳐주는 아리 공주를 그렇게 불렀다.

"너희들이 병원으로 데려가!"

아리는 자신을 경호하는 두 여자 경호원에게 지시를 내렸다.

"네!"

두 경호원이 40대 직원을 부축해서 병원으로 데려가고, 아리는 다시 망나니 둘째 왕자를 쫓아서 사무실을 나갔다.

"망나니가 왜 저 소녀에겐 꼼짝 못하죠?"

아리가 나간 후 젊은 직원 하나가 선배 직원에게 물었다.

"몰랐나? 후계자 자리에서 밀려날까 봐 그렇지. 황께서 명을 내렸거든. 누구든 아리를 다치게 하면 그게 누구든 황궁에서 추방하겠다고. 왕자라 해도 예외는 없다고 해서 아무도 저 공주를 건드리지 못해."

선배 직원의 말을 듣고 젊은 직원은 고개를 끄떡였다.

황궁 내 천사 아리. 소녀를 피해 도망치듯 사무실을 빠져나온 둘째 왕자는 자신의 사무실로 들어가 하루 종일 꼼짝도 하지 않았다. 아리가 중학교에서 돌아왔다는 연락을 받은 첫째 왕자도 오늘 하루는 조용히 지냈다. 아리는 콧노래를 부르며 4층 가운데 정궁으로 들어갔다.

"오, 우리 딸 어서 오너라!"

아름다운 중년 부인이 두 팔을 벌리며 아리를 맞이했다.

바로 황 도지현의 네 번째 부인 문아령이다.

임신을 할 수 없는 몸으로 판명되어 도지현이 아내를 위해 양녀를 들인 것이 바로 아리다.

문아령은 결혼을 한 지 벌써 18년이나 됐지만 임신을 못했다.

임신을 하지 못하는 죄책감과 더불어 우울증까지 겹치자 도지현이 아리를 양녀로 들여 아내의 무료함을 없애준 것이다.

"엄마! 또 둘째오빠가 직원들을 마구 때렸어! 그래서 내가 오빠를 막 야단치고 쫓아버렸지 뭐야. 비서들도 다 똑같아. 그래서 내가 야단치고 왔어! 잘했지?"

쫑알쫑알…….

아리는 엄마 품에 안겨 잠시도 입을 쉬지 않고 계속 떠들어댔다.

"밥 먹어야지?"

문아령이 아리 귓가에 입을 대고 말했다.

"아니! 혜림 언니랑 같이 옥상 가서 민영오빠랑 먹으려고……. 둘째오빠가 때린 직원 아저씨가 많이 아파 보여서 내가 병원으로 데려가라고 그랬어."

아리는 다시 쫑알쫑알 떠들기 시작했다.

"첫째오빠와 둘째오빠는 약자를 괴롭히는 재미로 사나 봐! 민영오빠는 얼마나 착한데. 엄마도 착하고. 누굴 닮았지? 엄마는 알아? 이따가 아빠 만나면 또 이를 거야. 혼내주라고 해야지. 아빠도 이상해. 왜 못된 오빠들은 혼내주지 않는 거야? 엄마가 많이 혼내줘! 다시는 아저씨들 때리지 않게. 혼내줄 거지?"

아리의 쫑알거림이 마냥 싫지는 않은 듯 문아령의 입가엔 미소가 번졌다.

제 *6* 장

어둑어둑한 저녁 무렵.

아리가 가정교사 겸 특별 비서인 혜림을 따라 옥상에 올라간 후.

문아령이 비밀리에 찾아간 곳은 첫째 왕자 도치수의 방이다.

도치수의 방에는 둘째 왕자 도경수와 40대 중년 남자 하나가 미리 와 서 문아령을 기다리고 있었다.

짝……. 짝…….

"멍청한 것들……! 아리가 학교에서 돌아올 시간도 모르고 일을 저지 르면 어쩔 거야?"

문아령이 호통과 함께 첫째 왕자와 둘째 왕자의 뺨을 사정없이 후려 쳤다.

"죄송합니다! 깜빡 했어요."

두 왕자는 동시에 대답하며 고개를 숙였다.

"너희들 덕에 모두들 아리는 천사라고 칭송하는 것을 모르느냐? 그래 서야 어디 후계자 자리를 차지할 수 있겠느냐? 멍청한 것들……!"

화를 내며 두 왕자를 훑어보던 문아령이 40대 중년 남자를 노려봤다.

"넌 도대체 뭐하는 놈이야? 민영인지 뭔지 그놈에 대해 알아오라는 것은 어떻게 됐고? 약초선생이란 자부터 처치하라니까 도대체 뭐하고 있는 거야?"

"죄송합니다! 황후님! 약초선생에게 접근하기가 어려워 기회를 보고 있는 중이고. 민영이란 아이는 18년 전 강원도 평창에서 두 번째 황후가 출산한 쌍둥이 중 하나로 판명됐습니다. 그런데 문제는 황패 세 조각 중 두 개는 여기 왕자님들이 갖고 오셨고, 잃어버렸다던 나머지 한쪽을 민영이란 아이가 가져왔다고 합니다."

중년 남자가 문아령의 눈치를 살피며 말했다.

"유전자 검사를 통과했다는 건?"

문아령이 다시 물었다.

"아직…… 죄송합니다! 알아보고 있으나…… 워낙 보안이 철저해서……."

중년 남자가 부들부들 떨며 말했다.

"얼른! 빠른 시일 안에 알아오도록! 민영이란 아이 유전자가 그분의 아들로 판명된다면 얼마나 다행인가? 안 그래?"

문아령이 입가에 미소를 지으며 말했다.

"무슨 말씀이신지?"

중년 남자가 의아해하며 물었다.

"멍청한 놈! 민영이란 아이의 유전자가 아들로 판명된 것이 사실이면……. 그 아이 머리카락을 여기 왕자들 머리카락이라 속이고 유전자 검사를 의뢰하면 될 것 아니냐? 유전자 검사라는 문제가 여기 왕자들 앞을 가로막고 있었는데……. 그러면 쉽게 통과할 수 있으니 얼마나 좋은 일이야? 민영이란 놈은 죽여 없애면 그만이고? 그렇지?"

문아령이 말했다.

"역시……! 현명하십니다!"

중년 남자는 아부를 잊지 않았다.

"역시 어머니는 최고예요!"

두 왕자도 활짝 웃으며 동시에 문아령을 추켜세웠다.

"허나……! 황께서 함정을 만들어놓으신 거라면……. 우리가 오히려 함정에 빠지는 꼴이 된다. 즉, 여기 두 왕자가 가짜 자식이란 걸 스스로 밝히는 꼴이지……. 그러니까 확실하게 알아봐! 정말 유전자 검사 결과가 친자로 나왔는지 아닌지. 그게 중요하니까."

문아령이 목소리를 약간 낮추며 말했다.

"알겠습니다!"

중년 남자가 얼른 대답했다.

"너희들은 아리가 학교에 간 시간에만 사고를 쳐라! 제발! 알겠느냐?"

문아령이 두 왕자를 바라보며 말했다.

두 왕자는 고개를 끄떡이며 손으로 머리를 긁적거렸다.

문아령이 왕자의 방에서 나와 100여 평은 족히 되는 넓은 방으로 들어섰다. 무척 화려한 방이다.

벽은 옥과 천연 황토에 진귀한 보석들이 박혀 천장에 매달린 화려한

등불 빛을 받아 아름답게 반짝거렸고, 금으로 치장된 긴 소파가 청색 유리 탁자를 가운데 두고 양옆으로 놓여 있었다.

바닥에는 하늘색 대리석이 깔려 있어서 마치 푸른 물 위를 걷는 느낌이 들었다.

소파에는 하얀 피부에 귀티가 철철 흐르는데다 몸집이 중간 정도 되는 통통하고 잘생긴 남자가 앉아 있었다.

바로 모두가 황이라 부르는 도지현이다.

이미 나이가 일흔이 다 되었지만 누가 봐도 10년 이상 젊어 보였다.

"어딜 다녀오시오?"

도지현이 문아령에게 물었다.

"두 왕자가 요즘 하는 꼴이 천한 망나니들 같아서 혼을 내주고 오는 길입니다!"

문아령이 배시시 웃으며 도지현 앞 소파에 몸을 던지듯 앉았다.

"그렇소? 너무 야단치지 마시오. 이 황의 아들이라면 그 정도야 얼마든지 누리고 살 수 있는 것 아니겠소? 그 녀석들도 얼른 유전자 검사를 해서 모두를 안심시켜야 하는데……. 다들 걱정이 많아! 내 나이가 이미 일흔이 돼서……. 이젠 상속자를 결정해야 할 때가 됐으니 말이오. 그래서 내일은 궁에 공고문을 발표하려고 생각 중이오."

도지현이 말했다.

"공고문이라니요?"

문아령이 화들짝 놀라며 물었다.

"이번 고시가 끝나고 6월에 상속자를 결정하려고 말이오. 두 왕자도 6월 전에 유전자 검사를 마치도록 준비하라고 전하시오."

문아령은 무척 당황하는 표정이었지만, 짧은 순간 다시 표정이 바뀌었다.

음도.

깡…… 깡…….

망치 소리가 들리고 있었다.

소철나무 숲 속에서 불빛이 새어 나왔다.

온통 얼굴이 상처로 가득한 부인.

바로 진진이 어머니가 늦은 밤 모두가 잠든 시간에 뭔가를 만들고 있었다.

화로에 숯불이 활활 타오르며 가는 철사를 빨갛게 달구고 있었다.

진진이 어머니는 빨갛게 달구어진 철사를 꺼내 두꺼운 철판 위에 놓고 망치로 때리고, 물에 식혔다가 다시 불에 달구는 등 같은 동작을 반복하고 있었다.

"엄마!"

방에서 불을 끈 채 창문을 조금 열고는 그 광경을 바라보며 진진이 눈물을 흘리고 있었다.

"엄마가 저걸 만드신 지 벌써 5년째다. 무엇 때문인지 모르지만, 나에게 주려고 만드는 것은 안다. 도대체 저게 뭘까? 왜 아프신 몸을 이끌고 저걸 만드실까?"

진진은 수없이 물어봤지만 어머니는 다 만들면 말해주겠다는 말만 되풀이했다.

오늘이면 저 물건이 완성되리란 것도 진진은 안다.

그래서 진진은 더욱 잠을 못 이루고 있다.

진진이 눈물을 흘리며 지켜보고 있는 가운데 진진의 어머니는 만들어진 철사를 하얀 천에 보이지 않게 엮어서 넣고 있었다.

옷을 만드는 것이다.

속옷처럼 보였다.

이미 아래 속옷은 완성이 돼서 옆에 놓여 있었다.

거의 완성돼가는 속옷 상의.

깡…… 깡…….

음도의 망치 소리는 밤새 계속 울렸다.

아침.

진진이 어머니를 지켜보다가 늦잠을 잔 모양이다.

"진진!"

어머니가 깨우는 소리에 잠에서 깬 진진은 아침밥이 차려진 것을 보고 울컥 눈물이 솟았다.

　몸이 너무도 아픈 어머니가 밤새 그 뭔가를 만드시고 아침까지 준비하신 것을 보고 정말 죄스러워 눈물부터 났다.

　"엄마!"

　진진은 어머니를 두 팔로 끌어안고 눈물을 펑펑 쏟았다.

　"울지 마라! 이젠 밤새 만들 것도 없다."

　어머니는 하얀 속옷 한 벌을 진진에게 내밀었다.

　5년간 만드신 옷이다.

　진진이 눈물 가득한 눈으로 이게 뭐냐고 묻듯 어머니를 바라보았다.

　"네가 세상에 나가면 입히려고 만든 옷이다. 이유는 묻지 말고 꼭 입고 다녀라."

　어머니는 어서 입으라는 눈짓을 했다.

　진진은 아무것도 묻지 못하고 옷을 받아 들고 자기 방으로 들어갔다. 눈물만 펑펑 쏟으면서.

　잠시 후 옷을 갈아입고 나온 진진은 또 한 벌의 속옷을 내주시는 어머니를 보고 놀라며 눈물부터 났다.

　"한 벌이 아니고 두 벌이었어?"

　진진이 어머니 손에서 옷을 받아 들며 다시 울컥 눈물을 흘렸다.

　"이게 도대체 뭔데? 몸도 아프면서……? 으앙……. 5년을 이걸 만들어? 이게 도대체 뭐냐고? 으앙……."

　결국 진진이 참았던 울음을 터뜨렸다.

"앞으로 네 몸을 지켜줄 방탄복이다. 왜냐고 묻지도 따지지도 말고 꼭 매일 입고 다녀라! 알았지? 지금까지 네가 내 뜻을 잘 따랐으니 이것도 그냥 입고 다니거라! 속옷이니 갈아 입으라고 두 벌을 만들었단다."

어머니는 진진이 얼굴을 두 손으로 감싸 쥐며 꼭 그렇게 해야 한다는 간절한 눈빛으로 말했다.

"알았어! 하라는 대로 다 할게! 제발 아프지만 마! 이젠 밤에 이런 거 만들지 말고 병원에 빠지지 말고 다니고, 마음먹기에 따라 오래 살 수도 있다고 했잖아! 내가 돈 많이 벌어서 엄마 성형수술 해줄 테니까……. 엄만 이제부터 돈을 벌려고 애쓰지도 말고, 날 위해 뭘 하려고 애쓰지도 말고, 병원에나 열심히 다녀! 알았지?"

진진이 눈물을 펑펑 쏟으며 말했다.

"그래! 그래! 울지 마라! 이제부턴 네가 하라는 대로 다 할 테니……."

어머니 눈에서도 눈물이 주르륵 흘렀다.

"그 병원에서 오진한 거야. 다른 데 다시 가보자! 무슨 의사가 사람 목숨을 갖고 그렇게 말해? 뭐? 6개월밖에 못 산다고? 으앙……. 벌써 4개월이나 지났는데. 그럼 이제 두 달 남았단 말이야? 으앙…… 선장 할아버지 말씀이 소철나무 열매와 소철나무 버섯을 꾸준히 먹으면 그 병이 완치된다고 하셨으니 엄만 절대 죽지 않아!"

진진이 소매로 눈물을 훔치며 말했다.

"그럼! 그럼! 내가 왜 죽니? 엄만 이렇게 멀쩡한데."

진진이 어머니는 진진이 등을 손바닥으로 토닥거리며 아침이 차려진 식탁에 앉혔다.

"얼른 먹고 출근해야지. 늦겠다."

수저를 들어 진진이 손에 쥐어주며 어머니가 말했다.

"알았어! 얼른 먹고 갈게!"

진진이 억지로 미소를 지어 보이며 빠르게 밥을 먹기 시작했다.

"아…… 너무 맛있다! 엄마도 얼른 먹어!"

진진은 억지로 밝은 표정을 지으며 밥을 먹었다.

"그래! 먹자!"

진진이 어머니도 밥을 먹기 시작했다.

두 모녀는 웃으면서도 눈가에 눈물이 가득 고여 있었다.

제 7 장

"진진아! 너 공고문 봤니?"

아침에 출근하자 이철이 진진을 보며 첫인사로 한 말이었다.

"공고문이라니?"

진진은 모르는 일이다.

"회사 입구에 붙어 있어. 가봐."

이철이 말했다.

"무슨 공고문인데?"

진진이 이철의 입을 통해 알고 싶은 모양이다.

"네가 직접 가봐."

이철이 알려주기 싫다는 표정으로 미소를 지으며 말했다.

장난기가 발동한 모양이다.

"쳇!"

진진이 입을 삐쭉 내밀며 밖으로 나갔다.

회사 입구에 직접 가서 보려는 것이다.

공고문.

고시 합격자 발표 후

금년 6월 13일, 본 황의 후계자를 발표할 것이다.

황 도지현.

공고문은 간단한 몇 줄이 전부였다.

"커피요! 커피예요. 굿모닝."

진진은 공고문과는 상관없다는 듯 자신의 일에 열중했다.

"……!?"

진진이 오진명 대리에게 커피를 배달해주다가 오진명의 모습을 보고 의아해했다. 커피를 책상에 올려놓고 인사해도 멍하니 딴 생각을 하는 오진명 대리.

"오 대리님!"

진진이 다시 한 번 큰 소리로 오진명 대리를 부르고 다시 커피를 배달하기 위해 뛰어가면서 힐끗 뒤를 봐도 오진명 대리는 정신줄을 놓고 있었다.

"무슨 일 있나!"

진진은 오진명을 다시 한 번 잠시 바라보다가 커피 배달을 위해 뛰기 시작했다.

황궁의 첫째 왕자 방.

문아령이 소파에 거만하게 앉아 있고, 그 앞에 첫째 왕자와 둘째 왕자가 고개를 숙이고 서 있었다.

잠시 침묵이 흐르고 40대 남자가 들어왔다.

손에 서류 봉투를 들고.

"어찌됐느냐?"

문아령이 급히 40대 남자에게 물었다.

"확인이 됐습니다! 민영이 황의 친자로 유전자 검사 결과 확인됐다고 합니다."

40대 남자가 얼른 대답하며 서류 봉투를 문아령에게 건네고 뒤로 물러서서 공손히 고개를 숙이고 섰다.

"그…… 그래?"

문아령이 의외라는 듯 되물었다.

"네! 그렇습니다! 제가 직접 확인을 했습니다."

40대 남자가 대답했다.

순간 문아령의 입가엔 살짝 비웃음이 번졌다.

고개를 숙인 40대 남자와 두 왕자는 그녀의 입가에 서린 비웃음을 보지 못했다.

황궁 내실.

문아령의 방이다.

소파에 몸을 푹 묻은 채 핸드폰을 들고 있는 문아령은 작은 소리로 뭔가 지시를 내리고 있었다.

"두 아이의 머리카락을 채취해서 갖고 와. 내일 저녁까지 내 방에 갖

다놓도록."

간단하게 지시를 내린 문아령은 핸드폰을 내려놓으며 하얀 이를 드러내며 웃기 시작했다.

"호호호…… 뭐? 민영이 황의 친자라고? 황께서 함정을 파셨군! 황의 친자들은 내게 있는데……. 호호호…… 아니지. 혹시 내가 잘못 알고 있는지 모르니까 확실하게 유전자 검사를 해봐야지. 내 보물단지들이 황의 친자라는 걸 확실히 검증해둬야 돼."

문아령은 혼자 웃다가 심각한 표정을 짓기도 하며 뭔가 열심히 계획을 세우고 있었다.

진진은 요즘 고민이 많다.

커피 장사를 하느라 머리도 짧게 자르고 있는데, 스트레스 때문인지 머리카락이 잘 빠졌다.

커피 배달을 끝내고 늘 수다를 떨기 위해 가던 윤지에게 향하던 발걸음을 오늘은 다른 곳으로 향했다.

오진명 대리가 자꾸 신경 쓰였다. 집에 무슨 일이 있나 걱정이 돼서다.

오진명 대리에게 가면서 진진은 핸드백에서 빗을 꺼내 머리를 살짝 다듬는 것을 잊지 않았다.

"너, 무슨 일 있니?"

진진이 오진명 옆의 의자에 앉으며 작은 소리로 물었다.

회사이기 때문에 다른 직원이 듣지 못할 정도로 작은 소리로 물은 것이다.

큰 소리로 부르려면 존칭을 사용해야 하기 때문이다.

"무슨 일이라니?"

오진명이 오히려 의아해하며 진진을 바라봤다.

"아깐 불러도 무슨 생각을 하는지 듣지 못하던데?"

진진이 다시 물었다.

"응! 그랬어? 잠깐 무슨 생각 좀 하느라고……."

오진명이 얼버무리듯 말했다.

그걸 눈치 못 챌 진진이 아니다.

"무슨 일인데?"

진진이 다시 물었다.

"나중에……. 나중에 말해줄게."

오진명이 곤란한 표정으로 말했다.

"그래! 나중에 꼭 말해줘!"

진진은 더 이상 오진명을 곤란하게 만들고 싶지 않은 듯 얼른 일어섰다.

툭.

진진이 급히 오진명 자리를 떠나면서 뭔가 하나를 흘렸다.

바로 방금 머리 손질을 하던 빗이다.

"저 녀석이 무슨 일이지!"

오진명은 진진이 떨어뜨린 빗을 주워 자신의 책상 도구 통에 꽂아놓으며 중얼거렸다.

자신의 물건을 절대 잃어버리는 진진이 아니라는 것을 누구보다도 오진명이 잘 알고 있었다.

　그런 진진이 빗을 떨어뜨리고 간다는 것이 오히려 신기했다.

　오진명은 진진이 빗을 다시 한 번 손에 들고 살펴보며 미소를 지었다.

　쿵쿵.

　코에 대고 냄새도 맡아보고 머리를 빗는 시늉도 하던 오진명은 다시 도구 통에 빗을 꽂아 두었다.

　저쪽 사무실 구석에서 그 모습을 유심히 지켜보던 청소부 아주머니.

　회심의 미소를 지으며 슬금슬금 오진명 자리로 다가왔다.

　청소를 하는 척하던 청소부 아주머니의 손이 빠르게 오진명의 책상 위 도구 통에 꽂혀 있던 빗을 슬쩍해서 사라졌다.

　"진진아! 나 잠깐 슈퍼에 다녀올게."

　이철이 커피숍에 들어서는 진진을 보고 말했다.

　"응! 그래!"

　진진이 끌고 온 커피 배달 가방을 주방에 들여놓으며 대답했다.

　이철은 자신이 입던 하얀 위생복을 벗어 아무렇게나 의자에 던져놓고 급히 밖으로 나갔다.

　"녀석! 뭐가 급해서……."

　진진이 주방에서 나와 이철이 의자에 아무렇게나 던져놓은 하얀 위생복으로 갈아입고는 빙긋 미소를 지었다.

진진은 주방 청소를 시작했다.

"야! 네가 왜 그걸 입어?"

슈퍼에서 돌아온 이철이 진진이 입은 하얀 위생복을 뺏듯이 벗겨 자신이 입으며 말했다.

"야! 아무렇게나 던져놓았으니 그렇지."

진진이 의류 보관함 속에서 자신의 위생복을 꺼내 입으며 투덜거렸다.

진진의 위생복은 녹색이었다.

"그래도 그렇지. 난 내 옷을 누가 입으면 왠지 기분이 이상해."

이철이 투덜거리며 청소를 하기 시작했다.

"알았다. 어서 청소나 하고 우리도 아침 먹으러 나가자!"진진은 이철이 투덜거리는 소리가 듣기 싫다는 투로 말했다.

"헤헤……."

이철이 헤프게 웃었다.

"바보같이."

진진이 혀를 쏙 내밀고 놀렸다.

회사 청소부 아주머니가 진진과 이철이 나간 커피숍에 들어갔다.

커피숍 쓰레기통도 청소부 아주머니가 비우기 때문이다.

그런데 이 청소부 아주머니.

이철이 입던 하얀 위생복에 붙은 머리카락들을 소중히 떼어내서 작은 비닐봉투에 담아 주머니에 넣고 나서야 쓰레기통을 비우고 나갔다.

제 *8* 장

밤…….

손을 내밀어도 그 손끝이 보이지 않는 칠흑같이 어두운 밤.

버려진 섬 소철나무 숲 속에 뭔가 움직임이 있었다.

비록 보이지는 않지만 움직이는 소리가 들렸다.

하나 둘이 아니었다.

조용…….

갑자기 움직임이 멈추고 조용한 시간이 흘렀다.

바스락.

뭔가 또 하나의 움직임 소리가 나더니 다시 멈추었다.

잠시 침묵이 흐르고.

"모두 모였느냐?"

여인의 목소리가 조용히 울려 퍼졌다.

"넵!"

누군가 짧게 대답했다.

너무 짧은 대답이기에 남자인지 여자인지도 구분이 되질 않았다.

"너희들은 이제부터 S국 자객들을 모조리 처치한다. 어떤 흔적도 남기지 말아야 함은 물론이고, 잡히면 반드시 자살해서 자신의 입을 막아야 할 것이다."

여인의 음성이 조용히 흘러 나왔다.

"반드시 100퍼센트 다 처치하고 이곳으로 복귀한다. 너희들의 임무는 S국 자객을 제거하는 것이 목적은 아니란 것을 알아야 한다. 너희들의 주 임무는 주인을 호위하는 것이다. 알겠느냐?"

여인이 목소리가 조금 크게 울려 퍼졌다.

"넵!"

또 한 사람만의 짧은 대답이 들렸다.

"너희들의 주인을 지키기 위해서 S국 자객을 제거하는 것이다. 이는 작은 임무요, 큰 임무는 반드시 살아 돌아와서 주인을 지키는 것이다. 명심해라!"

여인의 목소리가 다시 조용히 들려왔다.

"이 어두운 밤에 너희를 모이게 한 것은 너희들 또한 서로 알아서는 안되기 때문이다. 이는 너희들을 지키기 위함이다. S국 자객을 모조리 처치하고 무사히 돌아온 자만 주인을 지키는 영광된 자리에 함께할 것이다. 또한 S국 자객을 제거함으로써 급해진 S국은 서둘러 첫째 왕자와 둘째 왕자 그리고 여우까지 제거해줄 것이다. 이는 일거양득의 결과가 될 것이다. 너희들의 임무가 막중하다. 오늘 밤 안에 각자 이 섬을 나간다. 정해진 곳으로 각자 움직여 임무를 완수하고 복귀해라. 무운을 빈다."

말이 끝나자 여인이 사라지는 소리가 들렸다.

"출발!"

다시 짧은 하나의 명이 떨어지고 수십 개의 움직임 소리가 들렸다.

그리고

다시 버려진 섬 음도엔 적막이 찾아왔다.

세신산업.

장갑을 만드는 작은 회사다.

100여 평 넓이에 4층 건물이 네모반듯하게 도로변에 세워져 있었다.

무향도의 가장 동쪽 끝에 있는 신도시 '보운'이란 지역의 바닷가에 위치한 꽤나 잘나가는 회사다.

이곳 주민이 가장 취업하고 싶은 곳 1위를 굳건히 지키고 있는 대우가 좋기로 소문난 회사다.

미지.

그녀를 모두 그렇게 불렀다.

성을 물으면 그냥 방긋 웃기만 했다.

성도 모르고 이름만 그냥 미지라 부르는 여고생.

그녀를 모두 날라리 여고생 미지라 불렀다.

학비가 없어 일하면서 공부한다며 그녀가 이곳 세신산업을 찾아온 것은 며칠 전.

"몇 살?"

어부의 아내 동주댁이 물었다.

"열일곱이에요."

미지가 눈웃음을 치며 대답했다.

작은 얼굴에 비해 유난히 크고 검은 눈동자를 한쪽만 살짝 감았다 뜨며 배시시 웃었다.

"아직 어린애군! 쯧쯧……."

가엾다는 듯 과부댁 장 씨가 혀끝을 찼다.

"어리긴요. 알건 다 안다고요."

미지가 다시 눈웃음을 치며 말했다.

"뭘 다 아는데?"

늘 잘난 척만 하는 서른두 살 노총각 박 군이 묘한 눈짓으로 미지의 아래위를 훑어보며 물었다.

"왜요? 러브모텔이라도 같이 가서 가르쳐드려요?"

미지가 한술 더 떠서 교복 치마를 오른손으로 조금 들어 올리는 시늉을 하면서 배시시 웃었다.

"저거 여시 아니야?"

개인택시를 하는 남편 덕에 돈 좀 있다고 늘 있는 척하는 강 씨 댁이 들으라는 듯 큰 소리로 말했다.

"여시가 뒤로 호박씨 까는 것보단 좋잖아요."

미지가 눈을 찡긋 하며 한마디도 지지 않고 대꾸한다.

그래서 남녀 불문하고 미지를 날라리라고 하는 계기가 되었다.

그러나

수컷들의 호기심인가.

미지는 회사 남자 직원들에게 인기가 좋았다.

입사한 지 불과 3일 만에 회장이 커피 심부름까지 시킬 정도였다.

우중충한 흐린 날씨에 바람까지 심하게 불고 있었다.

미지는 화장실에서 속옷을 갈아입고 있었다.

군인들이 흔히 입는 방탄복이다.

팔 양쪽 옆구리에 소음기가 달린 권총도 하나씩 찼다.

그 위에 검은색 추리닝을 걸쳤다.

신발은 육상용 운동화를 신고, 바지 역시 움직이기 편하게 추리닝을
입었다.

미지가 회사에서 일할 때 주로 입는 옷이다.

미지는 늘 돈이 없어서 추리닝밖에 못 입는다고 말했다.

그래서 회사 모든 사람들은 당연히 미지는 추리닝을 입고 근무하는
것으로 알고 있다.

이렇듯 치밀한 계획 하에 행동해온 미지였다.

미지는 화장실 안쪽 문에 작게 쓰인 글씨를 잠시 바라보다가 손으로

쓱쓱 문질러 닦았다.

'k16 20'이란 글씨였다.

k16은 미지의 암호명이었다.

20은 오늘 날짜였다.

미지는 입술을 지그시 깨물며 화장실을 나섰다.

황궁 내실.

문아령이 소파에 몸을 파묻고 잠들어 있었다.

스르륵.

문이 조용히 열리고 40대 남자가 들어왔다.

"황후님!"

40대 남자는 문아령이 잠든 모습을 잠시 지켜보더니 조용히 불러 깨웠다.

"응…… 응?"

문아령이 눈을 뜨고 자세를 바로 잡으며 40대 남자를 쳐다봤다.

"황후님! 기뻐하십시오. 두 분이 황의 친자가 틀림없답니다."

40대 남자가 품속에서 편지 봉투를 하나 꺼내 문아령에게 내밀며 말했다.

"정말? 검사 결과가 나왔어?"

문아령이 급히 봉투를 받아 겉봉을 거칠게 찢고는 속에서 두 장의 서류를 꺼내 읽어보고 있었다.

서류를 읽어가는 문아령의 표정은 기쁨으로 가득했다.

"그래, 그럴 줄 알았어. 내가 숨겨둔 보물들이 친자일 줄 알았어."

문아령이 환하게 웃으며 기뻐 어쩔 줄 몰라 하며 와락 40대 남자 품에 뛰어들었다.

"이…… 이런! 누가 보면 어쩌려고?"

40대 남자는 당황하며 한걸음 물러섰다.

자연히 문아령을 밀어낸 꼴인데.

"보긴 누가 봐?"

문아령은 다시 달려들어 두 팔로 40대 남자의 목을 감싸 안으며 키스를 퍼부었다.

40대 남자도 잠시 당황해하더니 곧 문아령의 키스를 받아들였다.

미지는 곧바로 회장실로 향했다.

"무슨 일이냐?"

비서실장 윤 씨가 미지 앞을 막아서며 물었다.

"회장님이 부르셨어요."

미지가 배시시 웃으며 말했다.

"들어가 보렴."

미지의 웃음에 안심한 듯 조용히 길을 비켜주는 윤 비서실장.

그는 미지의 입가에 살짝 번지는 비웃음을 보지 못했다.

똑똑…….

미지가 회장실 문 앞에서 노크를 하고는 살짝 문을 열고 안으로 들어갔다.

"미지냐?"

들어온 사람을 쳐다보지도 않고 서류만 들여다보며 회장은 물었다.

"네!"

미지가 대답하자 그때서야 회장은 서류를 내려놓고 미지를 바라보았다.

"음……! 아무리 돈이 없어도 그게 뭐냐? 추리닝이…… 웬만하면 치마를 입고 다녀라!"

회장이 미지의 아래위를 훑어보며 말했다. 불쌍하다는 표정이 아니라 뭔가 아쉽다는 표정이 역력했다.

"쓰레기 같은 놈!"

미지의 입에서 들릴 듯 말 듯한 작은 소리가 흘러나오는가 싶더니…….

탁!

작은 소리가 동시에 터졌다.

미지의 손엔 소음기가 달린 권총이 들려 있었다.

"으…… 너…… 넌?"

정확히 심장에 총을 맞은 회장은 피가 뿜어져 나오는 자신의 가슴을 본능적으로 손으로 막으며 천천히 쓰러졌다.

"미지야! 무슨 소리냐?"

비서실장 윤 씨가 급히 회장실로 뛰어들었다.

탁!

뭔가 화끈한 통증을 느끼고 자신의 가슴을 바라본 비서실장 역시 본능인 듯 급히 손으로 뿜어져 나오는 피를 막으려 애쓰는 모습이 불쌍하기까지 했다.

비서실장은 보기 흉하게 뒤로 벌렁 나가자빠졌다.

"뭐야?"

놀란 비서실 직원들이 우르르 달려왔다.

모두 여섯 명이다.

그들 손엔 언제 꺼내 들었는지 권총이 하나씩 들려 있었다.

빙그르르…….

미지의 몸이 공중으로 빙글 돌며 몰려오는 비서실 직원들을 향해 양손으로 권총을 발사했다.

어찌 이럴 수가……!

비서실 직원 여섯 명은 도무지 믿을 수 없다는 표정을 지으며 천천히 꼬꾸라졌다.

손에 든 권총을 단 한 발도 쏴보지 못한 채 그들은 죽어간 것이다.

자객 훈련을 받은 그들로선 그 상황이 도무지 믿을 수 없었다.

자신들이 그렇게 쉽게 당하다니.

믿을 수 없는 현실에 채 눈도 감지 못하고 그들은 그렇게 죽었다.

"이제 남은 S국 자객은 세 명. 하나는 경리과장이고, 둘은 현관 경비다."

미지가 혼자 중얼거리며 회장실을 나와 곧바로 경리과로 향했다.

경리과는 3층에 있었다.

회장실은 4층이고, 위에서 내려가며 일을 마무리하려는 것이다.

쾅……

거칠게 경리과 문이 열리고 미지가 뛰어 들어왔다.

"야! 날라리 여고생! 무슨 일이야?"

경리과 만년 대리 정 씨다.

"과장님은요?"

미지가 과장 자리를 살펴보며 급히 물었다.

과장 자리에 아무도 없었다.

"응! 방금 거래 은행에 가셨어. 아마 지금쯤 주차장에 가셨을 걸."

정 대리가 말했다.

미지는 급히 경리과를 뛰쳐나왔다.

"회사에서 나가게 하면 끝이다. 무슨 수를 써서라도 여기서 죽여야 한다."

미지는 경리과장이 차량을 타고 회사를 벗어나면 제거하는 데 시간을 지체하게 되고, 시간을 지체하면 회장이 제거된 사실을 연락받게 될 것이므로 도주해서 숨을 것을 염려한 것이다.

미지는 어찌할까 생각하기 시작했다.

제 9 장

2층으로 향하는 계단 쪽 긴 복도에 창문이라곤 겨우 세 개뿐.

창문을 열고 뛰어 내리려고 창가에 다가간 미지는 아래를 바라보고 다시 다른 창문으로 향했다.

1층 건물 밖에서 회사 직원들이 오가며 상품 박스를 나르고 있었기 때문이다.

"여기도 역시 안 되겠어."

창문으로 뛰어 내려서 경리과장을 제거하려던 미지는 계단을 향해 빠른 속도로 뛰어가기 시작했다.

"이건 실패다. 성공은 불가능하다. 내가 1층 주차장에 도착하기 전에 이미 경리과장은 차를 타고 도로를 달릴 것이다."

미지는 달리면서도 경리과장을 제거하려는 작전은 실패라는 것을 직감으로 느꼈다.

덜컹

헉헉…….

미지가 1층 계단을 내려와 주차장으로 향하는 문을 열었다.

"……!?"

미지는 의외라는 표정으로 주차장을 바라보았다. 경리과장이 자신의 차 백미러를 열심히 닦고 있었기 때문이다.

미지는 얼른 품속에서 권총을 꺼내 들고 경리과장을 향해 걸음을 옮겼다.

"음……!"

미지는 급히 걸음을 멈추며 옆 기둥 뒤로 몸을 숨겼다.

"함정이다! 이미 내 정체가 탄로 났구나. 누구지? 제3의 자객이 있다는 증거다. 내가 파악하지 못한 제3의 자객이 있다."

미지는 급히 땅바닥에 엎드려 귀를 바닥에 댔다.

"흠…… 움직임이 둘이다. 저들은 하급 자객이다. 그렇다면 현관 경비를 맡은 자들이다. 설마 저 둘을 이용해 날 잡으려고 함정을……!"

미지는 얼른 몸을 일으켜 기둥 뒤에 몸을 숨기고 경리과장을 향해 권총을 발사했다.

펙!

둔탁한 소리를 내며 경리과장이 쓰러졌다.

미지의 몸이 바닥으로 구르며 옆 차량 밑으로 굴러 들어갔다.

미지의 손에서 권총이 발사된 것도 그 순간이다.

몇 미터 떨어진 차량 밑에서 현관 경비원 한 명이 피를 흘리며 죽었다.

미지는 다시 차량 밑으로 굴러 옆 차량 뒤로 갔다.

다시 미지의 손에서 권총이 발사됐다.

바로 앞 트럭 적재함 속에 숨어 있던 다른 현관 경비원이 피를 흘리며 죽었다.

미지는 다시 경비원이 죽은 트럭 밑으로 굴러 들어갔다.

바싹 엎드린 미지는 바닥에 귀를 대고 가만히 있었다.

"움직임이 없다!"

미지가 이상하다는 표정을 짓고 있을 때였다.

부룽…….

저 뒤편에 있던 승용차가 갑자기 빠른 속도로 미지가 엎드린 방향으로 돌진해왔다.

"큭!"

미지가 살짝 미소를 지었다.

"이제 움직이는가? 경리과장."

미지는 빠르게 옆 자동차 밑으로 굴러 들어갔다.

쾅.

승용차는 방금 미지가 숨어 있던 트럭을 옆면으로 강하게 들이받고 멈췄다.

승용차에서 하얀 액체가 확 퍼졌다.

그러고는 곧바로 불길이 치솟았다.

바로 그 순간 현관 쪽을 향해 승용차 하나가 쏜살같이 달려 주차장을 빠져나가고 있었다.

차량을 몰고 있는 자는 경리과장이었다.

"누구지? 내가 상대할 자가 아니다. 얼른 도망쳐야 한다."

경리과장은 자신의 판단이 옳다고 생각했다.

얼른 달아나 숨어야 한다고 느꼈다.

경리과장의 머리 뒤엔 총탄 흔적이 남아 있었다.

바로 방탄 가발을 쓴 덕에 미지의 총탄에 죽지 않은 것이다.

"흐흐…… 방탄 가발을 쓰고 있을 줄은 몰랐을 거다."

경리과장이 한손으로 가발을 벗어 조수석에 집어 던지며 통쾌하게 웃었다.

"그게 네 한계지……."

조용한 음성이 들리며 권총이 경리과장 머리 뒤에 닿았다.

사람은 보이지 않았다.

"얼굴을 보이기 싫다는 뜻이군."

경리과장은 살수의 생각을 알았다.

얼른 다음 행동을 생각해야 하는데, 머리에 갑자기 화끈거리는 통증이 오며 모든 생각이 하얗게 지워지고 있었다.

차량은 주차장 현관을 나가다 말고 벽에 부딪히며 멈추고 말았다.

차량 뒷좌석에서 미지가 일어났다.

미지는 경리과장 주머니에서 핸드폰을 꺼내 방금 통화 목록을 살펴보고 조수석 밑으로 휙 집어 던졌다.

"그놈이었어."

미지는 차량에서 내려 빠르게 계단을 향해 달렸다.

"서른두 살 노총각 미스터 박."

미지가 달리면서 중얼거렸다.

1층 작업실에 들어선 미지는 미스터 박이 없다는 것을 알고 급히 2층으로 향했다.

2층 계단을 오르던 미지는 달리던 걸음을 멈추고 벽면을 바라보았다.

k16 s란 글씨가 미지의 눈에 들어왔다.

"뭐, 복귀하라고? 왜? 나 말고 또 누군가 이곳에 같이 있었어? 누구였지?"

미지는 벽에 쓰인 글씨를 손으로 쓱 문질러 닦고 오던 길을 되돌아 1층으로 내려가기 시작했다.

탕.

둔탁한 소리가 들리며 미지의 뒷머리에 화끈한 통증이 왔다.

미지는 내려가던 계단에 그대로 쓰러져 굴러 떨어졌다.

터벅터벅……

2층에서 발걸음 소리가 천천히 들리며 누군가 내려왔다.

손엔 소음기가 장착된 권총이 들려 있었다.

바로 서른두 살 노총각 미스터 박이었다.

"흐흐……. 날라리 여고생 너였냐? 살수가?"

바닥에 쓰러진 미지를 향해 다시 두 발을 더 쏘고 나서야 미스터 박은 품에 권총을 넣었다.

"어디서 보낸 살수인가! 황 도지원이 보낸 것일까? 아무튼 무서운 살수였다. 존경한다, 여고생 살수."

그 말을 하고 미스터 박은 다시 2층으로 걸음을 옮기기 시작했다.

픽!

미스터 박은 갑자기 가슴에 화끈한 통증이 온 것을 느끼고 자신의 가슴을 내려다보았다.

"이럴 수가!"

미스터 박은 믿을 수 없다는 듯 자신의 가슴에서 피가 흐르는 것을 내려다보았다.

"너희들만 방탄 가발을 쓰고 다니는 줄 아느냐? 오만이 네 실수다."

뒤에서 미지의 음성이 들렸다.

미스터 박은 급히 몸을 돌렸다.

"몸에도 방탄복을 입었겠지. S국 1급 자객이니까? 그래서 준비했지."

미지가 손에 든 날카로운 칼을 보이며 빙긋 웃었다.

"하지만 어떻게……?"

미스터 박은 도무지 믿을 수 없다는 표정으로 서서히 쓰러졌다.

"방탄복의 약점이 뭔지 아느냐? 바로 등 뒤쪽이 약점이고, 총이 아닌 날카로운 칼에 약하다는 거지. 그래서 네 놈이 다가와서 돌아서기를 기다렸다."

미지가 앉아서 손에 든 칼에 묻은 피를 죽은 미스터 박의 옷에 깨끗이 닦으며 말했다.

"아무튼 내가 미리 파악하지 못하도록 철저히 몸을 숨긴 네 능력은 인정하마. 또한 나의 암호명까지 알아낸 너의 능력은 대단했다. 내가 누구인지 알기 위해 암호명으로 날 유인해서 내 정체까지 알았다는 것 또한 인정하마. 비록 적이지만……. 존경한다."

그 말을 남기고 미지는 그 자리를 떠났다.

날카로운 가시들 사이로 빨간 석류가 예쁘게 매달려 있는 큰 석류나무 아래.

통나무로 만든 야외용 의자가 놓여 있었다.

진진이 그 의자에 앉아 도시락을 먹으며 열심히 공부하고 있었다.

"헐……! 밥 먹을 땐 머리도 좀 식혀라!"

이철이 손에 도시락을 들고 저만치 걸어오면서 말했다.

"어서와! 고시가 며칠 안 남았잖아. 내일부터 2~3일은 공부도 못한단 말이야! 오늘이라도 많이 해놔야지."

진진이 말했다.

"왜? 내일 어디 가?"

이철이 진진 옆에 도시락을 놓고 앉으며 물었다.

"아니! 내 동생이 오거든. 그녀석하고 좀 놀아줘야 하니까."

진진이 빙긋 웃었다.

"동생이라니? 너! 동생이 있었어?"

이철이 물었다.

"있지……! 내가 가장 사랑하고, 무척 예쁜 동생이……!"

진진이 다시 뜻 모를 미소를 지으며 말했다.

"햐! 예쁘다면……! 혹시 여동생?"

이철이 호들갑을 떨며 물었다.

"웅! 엄청 귀엽고 예쁜 내 동생."

진진이 말했다.

"이름이 뭔데? 네 동생이면 나도 소개해줄 거지?"

이철이 다시 호들갑을 떨며 물었다.

"이름은 혜진. 물론 이철이 너에게 소개해줄게. 그렇다고 눈독 들이지
마! 서툰 짓 했다간 나한테 죽는다."

진진이 주먹을 꼭 쥐고는 이철의 눈앞에 주먹을 들이대며 말했다.

"헤헤…… 알았다! 나야 항상 너밖에 없는데, 뭘……."

이철이 다시 호들갑을 떨었다.

"침 흘리지 말고 얼른 밥이나 먹어."

진진이 이철을 바라보며 톡 쏘고 다시 밥을 먹기 시작했다.

"헤헤…… 알았다! 밥 먹자!"

이철은 진진의 눈치를 살피며 헤픈 웃음을 흘렸다.

제 *10* 장

어둡고 칙칙한 기운이 감도는 어느 지하실.

뚱뚱한 몸집의 남자가 회전의자에 앉아 있었다.

남자의 얼굴은 보이지 않았다.

남자가 벽면을 바라보고 앉아 있기 때문이다.

모락모락 하얀 연기가 피어오르는 것을 보니 아마도 손에 담뱃불을

붙여 들고 있는 모양이다.

그 남자 뒤엔 검은 복장을 하고 복면을 한 세 명이 공손하게 서 있었다.

"그래! 어제 하루 만에 우리 요원 324명이 당했다고?"

벽면을 보고 앉아 있는 뚱뚱한 남자가 조용히 물었다.

"네! 그렇습니다!"

가운데 서 있던 복면을 쓴 사람이 대답했다.

"하하하……."

뚱뚱한 남자는 갑자기 통쾌하게 웃기 시작했다.

복면을 한 세 명은 조용히 서 있기만 했다.

"어차피 그들은 미끼에 불과했다. 황의 비밀 세력을 끌어내기 위한……! 문제는 놈들 정체도 밝혀내지 못한 체 당했다는 것이다. 우리가 눈여겨 지켜보던 그들은 전혀 움직이지 않았다. 이제 황의 아들로 행세하는 두 얼간이와 황궁의 옥상에서 우리를 끌어내려고 미끼로 있는 그들까지 처치한다."

뚱뚱한 남자가 조용히 말했다.

"미끼라는 걸 알면서 왜 처치하려고 하십니까?"

가운데 복면을 쓰고 서 있는 사람이 이해할 수 없다는 투로 중얼거리듯 물었다.

"우리 S국 정예부대인 F군을 투입한다. 황의 비밀 세력을 끌어내는 미끼다. 너희들은 황의 비밀 세력을 밝히는 데 전력을 다한다. 알겠느냐?"

뚱뚱한 남자가 명을 하달했다.

"넵!"

복면인들은 공손하게 대답하고 자리를 떠났다.

"으하하하……"

뚱뚱한 남자는 뭐가 그리 통쾌한지 그 웃음소리가 한참을 이어졌다.

그런데

그 뚱뚱한 남자가 웃고 있는 지하실 구석 책상 밑.

뭔가 움직임이 있었다.

착각이었을까.

아주 작은 움직임은 곧 멈추었다.

"안녕하세요? 아저씨. 오늘은 즐거우셨나요? 전 오늘 학교에서 재미있는 일이 있었어요. 제 짝꿍 주아가 글쎄……. 제 다리에 걸려서 넘어졌지 뭐예요. 호호…… 넘어져서 다치진 않았는데, 손에 들고 있던 도시락이 다 엎어진 거 있죠. 평소 남의 도시락은 절대 먹지 않는 주아가 오늘은 제 도시락을 나눠 먹었어요. 호호……."

학교에서 돌아온 아리 공주가 현관 경비 아저씨를 붙들고 수다를 떨고 있었다.

"도시락이라고요? 학교에서 도시락을 먹어요?"

경비는 공주가 다니는 학교에서 도시락을 먹는다는 게 신기했던 모양이다.

집단 급식으로 생기는 사고와 인력을 낭비하지 않겠다는 것이 방침이라지만.

황의 특별 명으로 부모의 사랑이 담긴 도시락을 아이들에게 먹이라는 것이었다.

"아리 공주님!"

주차 관리 직원이 달려오며 아리 공주를 불렀다.

"송씨 아저씨, 왜요?"

아리가 달려오는 주차 관리 직원을 바라보며 물었다.

이제 스무 살이 조금 넘은 청년이다.

대학생으로 아르바이트를 하는 중이었다.

"얼른 올라가 보세요. 두 왕자님들이 지금 2층에서……."

주차 관리 직원은 다음 말을 차마 하지 못하고 간절한 눈빛으로 아리를 바라보았다.

보나마나 또 2층에서 직원들을 때리며 횡포를 부리고 있는 모양이다.

"놔두세요."

어쩐 일인지 아리는 관심이 없다는 투다.

경비와 관리 직원은 의아한 표정으로 아리를 바라보았다.

평소 같으면 두 팔을 걷어붙이고 달려가는 아리였는데.

오늘은 전혀 그럴 생각이 없어 보였던 것이다.

주차 관리 직원과 경비가 의아하게 바라보는 눈초리를 느낀 아리는 마지못해 2층을 향해 천천히 걸어 올라갔다.

"오늘은 둘이 같이……."

아리가 2층에 올라갔을 땐 이미 상황은 종료된 듯 보였다.

남자 직원 하나가 피를 흘리며 쓰러져 있고, 첫째 왕자와 둘째 왕자가 같이 그 앞에 서서 씩씩거리며 있었다.

"아리 공주님!"

아리를 발견한 직원들은 두 왕자가 들으라는 듯 큰 소리로 아리 공주를 불렀다.

두 왕자도 아리를 발견하고 머쓱한 표정을 짓고 있었다.

문제는 아리다.

평소 같으면 오빠들을 심하게 나무라고 쓰러진 직원을 보살펴주던 아리가 그냥 두 왕자를 바라보고 서 있었다.

아리의 두 눈엔 반짝 눈물이 맺히고, 두 왕자를 바라보는 눈 역시 측은함이 가득했다.

"커피요. 하루의 피로를 커피 한 잔으로 확 풀어버리세요."

진진이 저녁 커피를 배달하고 서둘러 1층 가게로 달려 내려갔다.

"야! 같이 가!"

이철이 헐레벌떡 뛰어와 진진이 옆에 바싹 붙었다.

"어! 너 어쩐 일이야? 벌써 배달을 끝내고?"

진진이 땀을 뻘뻘 흘리고 있는 이철을 보며 물었다.

"네 동생 소개해준다며? 헤헤……."

이철이 바보처럼 웃었다.

"픽……!"

진진이 살짝 웃었다.

이철은 진진의 동생을 보려고 그렇게 바쁘게 뛰어 다니며 배달을 끝낸 모양이다.

"너! 관심이 많구나?"

진진이 빙긋 웃었다.

"야! 네 동생이면 내 동생도 되잖아. 당연히 관심이 많지."

이철이 당연하다는 투로 말했다.

"관심 꺼라. 치근덕거리면 나한테 죽는다."

진진이 미소를 지으며 말했다. 이철도 함께 미소를 지었다.

"뭐야? 그 미소의 의미는?"

진진이 내려가던 걸음을 멈추고 이철을 바라보며 물었다.

"야! 다 왔다. 얼른 내려가자!"

이철이 얼른 진진이 앞에 서서 계단을 내려가며 말했다.

"어? 대답도 안 하고 내려가지? 빨리 대답해. 그 미소의 의미는 뭐야?"

진진이 뛰어 내려가며 다시 물었다.

"헤헤……."

이철은 더 빨리 앞서 계단을 달려 내려가며 웃었다.

"……!?"

먼저 커피 가게에 도착한 이철은 앞을 바라보며 그 자리에 굳은 듯 서 있었다.

귀엽고 예쁜 여고생이 가게 안에 서 있었던 것이다.

머리를 귀 양쪽으로 묶고 검고 큰 두 눈에 갸름한 작은 얼굴.

유난히 하얀 피부에 바람이 불면 날아갈 듯 가느다란 몸.

바로 여고생 살수 미지였다.

"혜진아!"

진진이 달려오며 두 팔을 벌리고 미지를 끌어안았다.

"언니!"

여고생 살수 미지.

아니 혜진은 두 눈에 눈물까지 흘리며 진진을 안았다.

"오느라 고생했다. 배고프지? 언니가 맛있는 것 사줄게."

진진이 안은 채 말했다.

"언니 혼자 심심할까 봐 얼른 오려고 정말 고생했어. 그래, 나 배고파.
맛있는 것 많이 사줘."

혜진이 말했다.

"험…… 험!"

이철이 헛기침을 하며 자신의 존재를 인식시켰다.

"녀석 급하긴! 풋……! 언니하고 같이 장사하는 친구야. 이철이라고,
인사해라!"

결국 진진이 혜진과 안고 있던 팔을 거두고 이철에게 인사를 시켰다.

"안녕하세요? 혜진이에요."

혜진이 이철을 바라보며 인사를 했다.

"헤헤…… 반가워! 난 이철이야. 오늘은 이 오빠가 맛있는 것 사줄게."

이철이 헤픈 웃음을 보이며 말했다.

혜진이 진진을 바라보았다. 그래도 되겠느냐고 묻는 것이다.

"응! 그래! 같이 나가자."

진진이 말했다.

그런데

진진에게서 이철 쪽으로 조금 다가온 혜진의 눈이 반짝 빛을 발했다.

뭔가 냄새를 맡는 듯 살짝 코가 벌름거리고 눈이 반짝 빛나는 것을 진진도 이철도 눈치 채지 못했다.

너무도 순간적으로 일어났기 때문이다.

진진과 혜진은 이철을 따라 a레스토랑에 들어갔다.

이철과 오랫동안 같이 있었지만 a레스토랑은 처음이다.

물론 가격이 비싸서 진진이 올 수 없었던 탓도 있었지만.

이철이 이런 곳에 진진을 데리고 온 적은 한 번도 없었다.

a레스토랑에 들어선 혜진은 갑자기 바싹 긴장을 하는 눈치였다.

순간 혜진의 팔을 살짝 잡아주는 진진.

혜진은 진진의 얼굴을 살짝 바라보고 긴장을 풀었다.

진진이 눈을 살짝 움직이며 긴장을 풀라는 신호를 했기 때문이다.

제 11 장

"여긴 스테이크가 맛있어. 뭐 먹을래?"

이철이 혜진의 의자를 뒤에서 빼주며 물었다.

"우와! 너한테 그런 매너도 있는 줄 몰랐네."

진진이 입을 삐쭉 내밀며 빈정대듯 말했다.

"뭐야? 질투하냐?"

이철이 진진이 맞은편에 앉으며 입가에 미소를 띠며 물었다.

"너! 치근덕거리면 어떻게 한다고 했지?"

진진이 웃으며 말했다.

"햐……! 그 미소, 너무 매력적이다. 언니 다음부턴 그렇게 웃지 마라.
이철 오빠가 그래서 언니를 졸졸 따라다니나 봐. 풋……!"

혜진이 진진을 바라보며 눈을 찡긋 했다.

"어! 난 별론데……! 혜진이 눈엔 진진이 미소가 매력적으로 보이나?
헤헤……."

이철이 재미있다는 투로 말했다.

순간 혜진의 눈에 살짝 광채가 나타났다가 사라졌다.

너무 빠른 순간에 나타났다가 사라져서 아무도 알아볼 수는 없었다.

"주문하시겠습니까?"
스무 살이 갓 넘어 보이는 청년이 다가와 꾸뻑 인사하며 말했다.
"이 집 스테이크가 맛있다니 그걸로 하죠."
혜진이 청년을 살피며 바싹 긴장하는 표정을 보이자 진진이 서둘러
주문했다.
"저도 스테이크."
혜진도 진진의 의도를 눈치 채고 긴장을 풀며 얼른 주문을 했다.
"그럼, 스테이크로 통일."
이철이 청년을 바라보며 눈을 찡끗거리며 말했다.
"넵! 감사합니다!"
청년은 꾸뻑 인사를 하고 물러갔다.

"그래! 혜진인 고등학교에 다닌다고?"
이철이 혜진을 바라보며 호기심 어린 표정으로 물었다.
"네!"
혜진이 간단하게 대답했다.
"방학은 아닐 테고?"
이철이 다시 물었다.
"너? 치근덕거리는 거 맞지?"
진진이 얼른 끼어들었다.

"아……! 아냐!"

이철이 고개를 좌우로 흔들며 말했다.

"풋……!"

혜진이 살짝 웃었다.

이철의 모습이 너무 웃겼기 때문이다.

"혜진인 내가 심심해서 불렀어. 앞으로 나와 같이 있을 거야."

진진이 말했다.

"학교는 어떻게 하고?"

이철이 의아한 표정을 지으며 물었다.

"뭐 그런 것까지 꼬치꼬치 캐물어? 개인 사정이란 것이 있지."

진진이 말했다.

"……!?"

이철이 더욱 의아한 표정으로 진진과 혜진을 번갈아 보았다.

"전 사고뭉치거든요. 사고를 좀 쳤어요."

혜진이 이철을 바라보며 말했다.

"사고라니?"

이철이 다시 호기심에 가득 찬 표정으로 물었다.

"누굴 좀 때렸어요. 그래서 그만……."

혜진이 시무룩한 표정으로 말했다.

"아! 알았다! 그만해. 미안! 그런 걸 물어봐서 헤헤……."

이철은 혜진이 시무룩해지자 얼른 사태를 수습하고 있었다.

주문한 음식이 나오고 셋은 음식을 먹기 시작했다.

쾅……!

황궁 도지원의 방문이 떨어질 듯 거칠게 열리며 30대 젊은 남자가 뛰어 들어왔다.

청색 양복을 곱게 차려입은 청년의 손엔 피가 잔뜩 묻어 있었다.

"무슨 일이냐?"

도지원이 소파에서 벌떡 일어나며 물었다.

"모두 당했습니다! 첫째 왕자와 둘째 왕자는 물론이고 옥상의 민영이란 청년도 약초 노인도 모두 당했습니다."

청년이 말했다.

"그래? 어차피 미끼였잖아? 뭘 그리 호들갑이냐? 그래 놈들은?"

도지원은 의외로 침착했다.

그런데 미끼라니?

첫째 왕자와 둘째 왕자는 물론이고 민영이란 청년도 약초 노인도 다 미끼에 불과했단 말인가.

"놈들을 지금 추적 중입니다. 우리를 끌어내리려는 듯 흔적을 남기며 유인하고 있습니다."

청년이 말했다.

"그래? 그럴 테지……! 그들은 나의 비밀 부대를 알아내려는 수작일 것이다. 허나…… 그렇다 해도 절대 살려 보낼 수는 없다. 이번 기회에

나 도지원이 얼마나 무서운 존재인지 가르쳐줄 것이다. S국에 충분한
경고가 되도록 말이다. F이글을 출동시켜라! 모조리 처치한다."

황 도지원의 명이 떨어졌다.

청년은 급히 고개를 숙여 인사하고 도지원의 방에서 나갔다.

공주 아리의 방.

하얀 모노륨 위로 핏자국이 선명하게 묻어 있다.

방 입구에서부터 시작된 핏물은 길게 이어져 있었다.

마치 피 묻은 뭔가를 질질 끌고 간 듯.

길게 이어진 핏자국은 냉장고 앞에서 멈추었다.

잠시 시간이 흐르고 냉장고가 미세하게 흔들렸다.

스르륵……

냉장고가 움직였다.

문이 열린 것이 아니라 냉장고가 통째로 빙글 돌며 문이 나타났다.

그 속에서 아리가 쏙 튀어 나왔다.

옷은 물론이고 손까지 피투성이다.

아리의 손엔 커다란 수건이 하나 들려 있었다.

밖으로 나온 아리는 얼른 바닥에 엎드려 하얀 모노륨 위에 묻은 핏
자국을 깨끗이 닦기 시작했다.

열심히 핏자국을 다 닦은 아리는 물걸레로 다시 한 번 더 닦고, 방향

제를 뿌려 냄새까지 없애버렸다.

"킁킁……."

냄새를 확인한 아리는 걸레와 수건을 세탁기에 넣고 다시 냉장고를 돌려 문을 열고는 그 안으로 쏙 들어가 버렸다.

무슨 병원 응급실처럼 꾸며진 공간의 침대 위에 피투성이가 된 사람이 하나 누워 있었다.

바로 도지원의 아들이라고 하던 옥상의 민영이란 청년이다.

"바보! 그 옷을 입고도 이렇게 다치다니. 역시 그들은 무서운 놈들이야! 그렇게 조심하라고 했잖아. 첫째 왕자와 둘째 왕자 그리고 할아버지는 구할 수 없어도 오빠 구할 거야. 그래서 그 옷도 입으라고 줬던 거고. 왜 오빠를 구하는 건지 모르지? 혹시 내가 오빠를 좋아해서 라고 착각하지 마. 다 그분이 시켜서 하는 것이니."

아리는 손에 수술용 칼을 들고 재잘재잘 떠들며 민영이라는 청년의 윗옷을 칼로 잘라내어 상의를 벗겼다.

옷 속엔 얇은 망사 같은 옷이 또 입혀져 있었다.

아리는 민영을 뒤로 뒤집어 옷의 지퍼를 내려놓고 다시 민영을 뒤집어 그 옷을 벗겼다.

민영의 가슴과 배엔 분명하게 보이는 탄환이 박혀 있고, 그곳에서 피가 흐르고 있었다.

"호! 방탄 옷을 뚫고 몸에 박힐 정도로 개발된 탄환인데, 다행히 깊이 박히진 않았구나. 다행이야."

아리가 수술용 칼로 탄환 부위를 도려내어 탄환을 빼내고 얼른 소독약을 그 위에 병째로 부었다.

낚싯바늘 같은 것을 이용해 열심히 상처를 봉합한 아리는 민영의 몸에 묻은 피를 깨끗이 닦아내고 이불로 민영이 몸을 덮었다.

"휴……! 다행이다!"

아리는 민영의 모습을 살며시 내려다보더니 주머니에서 핸드폰을 꺼내 어딘가에 전화를 걸었다.

"오빠! 민영오빠는 살렸어! 나 잘했지?"

아리가 핸드폰을 들고 누군가에게 전화를 하고 있었다.

"응! 오빠! 나도 오빠가 좋아! 우리 언니 만났지?"

통화하는 남자가 누구인지 모르지만 아리가 무척 좋아하는 눈치다.

전화를 하는 아리의 표정이 무척 행복해하고 있었다.

"우리 언니 잘 부탁해. 좀 느려 터져서 그렇지 그래도 최고잖아. 나보단 못하지만, 호호……."

아리가 얼굴에 행복한 표정을 짓고 통화를 하고 있을 때, 민영의 손가락이 조금씩 움직이고 있었다.

"그래도 불쌍하더라. 오늘 죽을지도 모르고 어제까지도 직원들을 못살게 구는데……. 불쌍하더라. 그래서 어젠 야단도 못 쳤어. 조금 착했으면……. 아니 문아령의 그 숨겨진 자식들 정체를 그들이 죽지 않아도 알 수 있다면 아마 살렸을 텐데……. 뭐? 오빠 대충 안다고? 그들 정체가 뭔데? 그래? 아무튼 오빠 대단해. 그리고 사랑해. 호호…….”

아리가 행복한 표정으로 누군가와 계속 통화를 하고 있었다.

그 시각.

문아령의 방엔 어김없이 40대 남자가 문아령과 같이 있었다.

대담하게도 문아령의 어깨 위에 손을 올려놓고 다정하게 소파에 앉아서 이야기를 나누고 있었다.

문아령의 방은 안쪽으로 굳게 잠져 있었다.

둘은 뭔가 부적절한 관계를 갖고 있었던 모양이다.

끈적끈적한 땀이 둘의 몸에 묻어 있었다.

“이젠 그 아이들을 데려올 때가 됐죠?”

문아령이 40대 남자를 다정하게 바라보며 물었다.

“그럼요. 당장 데려와서 황의 후계자 자리를 확보해야죠.”

40대 남자가 말했다.

“S국 살수들이 그 아이들도 노릴 텐데요?”

문아령이 다시 물었다.

“그건 걱정하지 마시오. 그들은 무사할 것이니.”

40대 남자가 말했다.

"어째서 그 아이들은 무사할 거라 확신하죠? 두 바보와 황이 아끼던 민영이 그리고 그 노인도 죽었는데?"

문아령이 다시 물었다.

"그…… 그건. 아무튼 내가 책임지고 보살필 것이니 걱정하지 마시오."

40대 남자는 뭔가 숨기는 태도로 말을 더듬거렸다.

"당신만 믿을 게요."

문아령이 살며시 40대 남자 품에 얼굴을 묻으며 말했다.

순간 40대 남자 입가엔 회심의 미소가 어렸다.

그러나

40대 남자 품에 얼굴을 묻고 있는 문아령의 입가에도 회심의 미소가 어렸으니.

둘의 관계는 그렇게 속고 속이며 뭔가를 위해 뭉친 관계인 듯한데…….

제 *12* 장

F이글.

역사속으로 들어가보면 과학자들이 수없이 헛된 시간을 허비하고 포기해야 했던 연금술.

그 반대편엔 자석의 밀고 당기는 힘을 이용해 다른 에너지를 전혀 사용하지 않고 오로지 자석으로 동력을 얻으려는 과학자들이 수없이 많았으나, 아이러니하게도 자석의 힘을 차단하는 물체가 반드시 필요하다는 것을 느꼈다.

그러나 자석의 힘을 차단할 수 있는 물체가 없다는 것을 알고 모두 포기해야만 했던 그 물체를 우연히 발견하여 지구 최고의 부자가 된 도지원이 자신을 지키기 위한 수단으로 지구에서 가장 좋다는 무기를 구입해서 군대를 만들었는데.

그중 하나가 F이글이다.

전투능력이 뛰어난 헬기부대의 이름이다.

F이글은 모두 4개 사단으로 이뤄져 있다.

헬기의 수가 무려 1만 2천 대.

갑자기 무향도 하늘이 온통 까맣게 변했다.

헬기들의 요란한 프로펠러 소리가 귀를 먹먹하게 만들었다.

"뭐지?"

레스토랑에서 스테이크를 거의 다 먹은 진진 일행은 밖으로 나와 하늘을 쳐다보고 있었다.

"어어……! 피해!"

하늘을 쳐다보던 이철이 소리쳤다.

"위험하다!"

혜진이 진진의 팔을 잡고 얼른 옆 건물로 몸을 숨겼다.

두두두…….

헬기들이 레스토랑 건물을 에워싸는 동안 밧줄을 이용해 군인들이 건물 안으로 진입했다.

"건물에 있으면 안전합니다. S국 첩자들을 잡으려 하는 것이니 국민 여러분의 협조를 부탁드립니다. 밖으로 뛰쳐나오면 첩자로 오인 사격을 하게 되니 국민 여러분께서는 밖으로 절대 나오지 마십시오."

헬기에서 확성기로 계속 같은 말을 반복해서 방송하고 있었다.

"거봐! 내가 수상하다고 생각했어!"

혜진이 진진이 귀에다 대고 작은 소리로 말했다.

진진은 그냥 고개만 조금 끄떡거렸다.

그사이 레스토랑엔 수도 없이 많은 군인이 진입했다.

탕탕…….
총격전 소리도 들렸다.

"저길 봐!"
혜진이 진진의 눈앞에 손가락을 세워서 어딘가를 가리켰다.
진진이 혜진의 손가락 방향으로 눈을 돌렸다.

레스토랑 1층 계단 밑이다.
지하로 통하는 비밀 통로가 있는 모양이다.
몇몇 사람이 그곳으로 들어가는 모습이 보였다.

"저기요!"
혜진이 레스토랑으로 진입하려는 군인 하나를 불렀다.
"……!?"
장교처럼 보이는 군인이 혜진을 바라보며 턱을 조금 끄덕거리며 왜 부르느냐고 묻는 몸짓을 했다.
"계단 밑에 비밀 통로가 있나 봐요!"
혜진이 손가락으로 계단 밑을 가리키며 말했다.
장교 같은 군인이 계단 밑을 확인하고는 혜진에게 고맙다는 손짓을 하며 군인들을 데리고 계단 밑으로 향했다.

이철은 군인들이 계단 밑 비밀 통로로 들어가는 것을 보더니 잠시 혜진을 힐끗 봤다.

그 눈빛은 몹시 살기가 느껴졌다.

그러나 아주 짧은 순간에 그 눈빛은 사라졌다.

"헤헤…… 혜진이 공을 세웠구나. 헤헤……."

이철은 평소와 다름없이 헤픈 웃음을 흘렸다.

"제가 원래 사고 대장이에요. 특히 저런 걸 보면 못 참는……."

혜진이 어깨를 으쓱하며 말했다.

"……!?"

레스토랑 S국 첩자들 소탕 작전은 잘 끝난 모양이다.

열여섯 명을 쇠사슬로 묶어 데리고 나왔고, 두 명은 죽은 모양이다. 시체로 나왔다.

다행히 군인 중 한 명만 다친 모양인지 피를 흘리며 병원으로 호송됐다.

군인 장교처럼 생긴 사람이 두 명의 군인들과 같이 진진 일행을 향해 다가왔다.

진진 일행은 군인들을 의아한 표정으로 바라봤다.

"아가씨! 고마웠어요."

군인 장교처럼 생긴 사람이 미소와 함께 인사를 했다,

"네! 당연히 해야 할 일인데요."

혜진이 말했다.

"잠시 저분을 조사 좀 해야겠어요."

군인 장교처럼 생긴 남자가 이철을 향해 다가갔다.

"……! 무슨?"

이철이 무척 당황한 표정으로 더듬더듬 말했다.

"어깨를 좀 걷어보시겠습니까?"

두 명의 군인이 총을 들이대고 군인 장교처럼 생긴 사람은 이철의 어깨를 걷어 살피고 있었다.

"음……!? 미안하오! 적의 첩자들이 어깨에 일제히 문신을 하고 있어서……. 아무튼 미안합니다!"

군인 장교처럼 생긴 사람이 이철에게 인사를 하고 진진과 혜진에게도 미소로 인사를 대신하고 물러갔다.

"봐! 오빠 생기기를 첩자처럼 생겼잖아! 호호……."

혜진이 진진이 귀에다 대고 이철이 듣지 못하게 작은 소리로 말했다.

진진은 그냥 미소만 짓고 있었다.

"제기랄 내가 무슨 첩자라고……. 멍청이들!"

이철이 진진과 혜진의 눈치를 살피며 투덜거렸다.

"호호…… 맞아요! 멍청이들이죠. 호호……."

혜진이 맞장구를 쳤다.

"우아! 아까운 내 스테이크!"

진진이 호들갑을 떨었다.

"쳇! 넌 거의 다 먹었잖아! 난 절반 정도 겨우 먹었는데……."

이철이 한마디 거들고 나섰다.

"오빠가 더 많이 드셨걸랑요."

혜진이 혀를 쏙 내밀며 말했다.

컴컴한 지하실.

뚱뚱한 남자가 회전의자에 거꾸로 앉아서 연기가 자욱하게 피어나도록 열심히 담배를 빨아대고 있었다.

그 뒤에서 젊은 청년 하나가 열심히 컴퓨터를 만지고 있었다.

"그래, 지금까지 우리 요원들이 몇 명이나 잡혔지?"

뚱뚱한 남자가 화난 목소리로 물었다.

"모두 300명 정도 생포되고 50여 명이 죽은 걸로 집계되고 있습니다만……."

청년이 기어들어가는 소리로 말했다.

"그런데도 아직 황의 비밀 요원들 정체는 모른다? 나타나지 않고 있다?"

뚱뚱한 남자가 다시 물었다.

"네! 방금 다시 들어온 보고인데요."

청년이 기어들어가는 목소리로 말했다.

"뭔데? 말해봐!"

뚱뚱한 남자가 신경질적으로 물었다.

"우리 요원들 중 95%에 해당하는 467명이 잡히고 75명이 사살됐답니다."

청년이 작은 소리로 부들부들 떨며 말했다.

"뭐!"

뚱뚱한 남자가 무척 화가 난 듯 소파 모서리를 손으로 콱 움켜쥐며 말했다.

"그렇다면? 이제 j90팀만 남았단 말이지?"

뚱뚱한 남자가 물었다.

"네!"

청년이 기어들어가는 작은 소리로 대답했다.

"으하하하……."

갑자기 뚱뚱한 남자가 큰 소리로 웃기 시작했다. 청년은 어찌할 줄 몰라 안절부절못하고 있었다.

"내가 도지원을 너무 얕잡아본 것이 실수다. F이글 4개 사단을 동시에 움직일 줄 몰랐다. 결국 도지원의 비밀 요원들 정체는 파악도 하지 못하고 아까운 내 수하들만 잃었다. 으하하하…… j90팀에 명령을 하달하라! 별도의 명이 있을 때까지 절대 움직이지 말라고. 으하하하…… 내가 졌다, 도지원. 너의 승리다. 하지만 어디까지나 이번 한 번뿐이다. 곧 너의 숨통을 조여주마! 기다려라! 으하하하……."

뚱뚱한 남자는 지하실 문이 들썩거릴 정도로 큰 소리로 웃고 있었다.

태풍이 몰려오고 있었다.

강한 태풍이 집적 무향도로 향하고 있었다.

무향도엔 태풍 경보가 발령됐다.

가까운 바다의 파도도 이미 5미터를 넘고 있었다.

버려진 섬 음도에 석양이 붉게 물들었다.

콩나물처럼 생긴 섬 음도.

그 콩나물 뿌리처럼 낚싯바늘 같이 생긴 천연적인 항구.

그 음도의 작은 항구에 고깃배들이 10여 척 몰려와 정박 중이다.

어선을 지켜야 할 어부들은 하나 둘 모여 한 곳을 향했다.

바로 진진이 집이었다.

제 *13* 장

덜컹덜컹

휘잉…….

태풍이 불고 있었다.

어둡고 습한 지하실에도 태풍의 위력은 느껴졌다.

천장 가까이 있는 작은 환풍기가 금방 떨어질 듯 덜컹거리고 있었다.

"본국에서 대장님이 집적 오신다고 한다. 그전에 그들의 행방을 찾아야 한다. 도대체 어디에 숨었을까? 곰곰이 생각해봤는데……. 우리가 무향도를 다 뒤져도 도지원의 비밀 세력은 찾지 못했다. 해서…… 이제 남은 곳은 단 한 군데다."

뚱뚱한 남자가 담배를 연거푸 빨아대며 말했다.

"어딥니까?"

뒤에 조용히 서 있던 복면을 한 두 사람이 동시에 물었다.

"버려진 섬 음도. 바로 그곳이다."

뚱뚱한 남자가 확신하듯 잘라 말했다.

"그럴 리가 없습니다! 그곳은 온통 바위섬이고 소철나무 외엔 가난한 사람이 세 가구 살고 있는 것 외엔 별다른 것은 없는 곳입니다."

복면을 한 키가 조금 큰 사람이 말했다.

"철저히 조사를 했느냐?"

뚱뚱한 남자가 화난 음성으로 물었다.

"죄송합니다!"

복면인은 얼른 고개를 숙이며 말했다.

"태풍이 지나가는 대로 a팀이 총출동해서 바위 하나라도 놓치지 말고 철저히 수색해라!"

뚱뚱한 남자가 단호한 음성으로 명을 내렸다.

버려진 섬.

음도.

진진이 어머니가 방에 앉아 있고, 그 앞에 진진과 혜진이 앉아 있었다.

"혜진이 네 임무를 알겠지?"

진진이 어머니가 명령하듯 말했다. 병마와 싸우느라 쇠약해진 모습은 온데간데없고 두 눈에서 무서운 빛이 뿜어 나오고 있었다.

"어머니 저 모습은 중국 무협지에서나 읽어본 희광반조 현상인가. 갑자기 어머니께서 건강해 보이는 것은……."

진진이 어머니 모습을 찬찬히 살피며 슬픔에 잠겼다.

"혜진이는 너의 전 요원들을 이끌고 죽음으로써 진진을 지켜야 할 것이다."

진진이 어머니가 혜진에게 다짐을 받듯 다시 반복해서 그 말을 되풀이했다.

"네! 황후님! 저희들 전체가 다 죽는다 하여도 반드시 임무를 완수할 것입니다!"

혜진이 당찬 모습으로 대답했다.

"오늘 밤 혜진은 어선을 이용해 이 섬을 떠난다. 진진도 함께 떠난다."

진진이 어머니가 진진과 혜진을 번갈아 바라보며 뭔가 결심한 듯 말했다.

"이 밤에요? 태풍이 부는데?"

진진이 물었다.

"태풍이 불기 때문에 이 밤이 제일 안전하다. x조 전원이 너희와 함께 섬을 나가는 것을 아무도 몰라야 하기 때문이다. 밤에 어선을 이용해 섬을 탈출한 후 바로 혜진이 수련했던 그 장소로 가서 당분간 머물도록."

진진이 어머니가 혜진에게 명을 내리고 있는 모습은 마치 왕이 신하에게 명을 내리는 모습과 같이 엄하고 절대적이었다.

"명을 받습니다!"

혜진이 얼른 무릎을 꿇고 예를 취하며 대답했다.

"엄마는?"

진진이 물었다.

"난 이곳의 일을 마무리하고 z조와 같이 갈 것이다. 이틀 후면 볼 수 있으니 염려 마라!"

진진이 어머니는 진진을 안심시켰다.

"얼른 준비하고 1시간 내로 섬을 떠나도록!"

진진이 어머니의 명이 떨어졌다.

휘잉…….

철썩철썩

거센 바람과 파도는 섬 전체를 집어 삼킬 듯 요동치고 있는데.

소철나무 숲.

큰 바위 틈새로 희미한 불빛이 새어 나왔다.

가까이 가서 보니 사람 하나가 겨우 들어갈 만한 동굴이 있었다.

그 동굴 속에서 빛이 새어 나오고 있었다.

좁은 동굴은 10여 미터 들어가니 갑자기 커다란 체육관처럼 넓은 공간이 나타났다.

넓은 공간에는 많은 횃불이 빙 둘러 꽂혀 있고 수많은 사람이 가득 서 있었다.

대략 보아도 그 수는 200명 정도.
그 동굴 속으로 진진이 어머니가 들어왔다.
진진이 어머니를 양쪽에서 호위하며 들어온 사람은 나이가 어린 소녀와 청년이었다.
바로 장병우와 그의 동생 장애리였다.

"황후님을 뵈옵니다!"
지하 동굴에 모인 사람들은 일제히 무릎을 꿇고 고개를 숙이며 외쳤다.
"흠! 오느라 고생이 많았다! 모두 모이라 한 것은 이제 이 섬을 떠날 때가 되었기 때문이다. 마침 태풍도 불어주고, 하늘이 우릴 돕는구나. 이 밤에 모두 이곳의 흔적을 지운다. 태풍으로 인해 흔적을 지우기엔 더 없이 안성맞춤이다. 지금부터 모두들 동굴도 없애고, 섬 전체에 남은 우리의 흔적을 남김없이 지운다. 빨리 움직여라! 해가 뜨기 전에 우린 이 섬에 없어야한다."
진진이 어머니가 거침없이 명을 내렸다.

수많은 사람은 소리도 없이 조용히 동굴을 빠져나갔다.

"엄마! 왜 갑자기 여길 떠나려는 거야?"

병우가 진진이 어머니에게 묻는 말이다.

헌데, 엄마라니? 왜 병우가 엄마라 부를까?

"오빠 도대체 몇 번을 묻는 거야? 엄마 힘들어하시는 거 안 보여?"

애리가 옆에서 병우를 핀잔주고 있었다.

진진이 어머니는 그냥 미소만 지을 뿐 구체적인 설명을 해주지 않았다.

벌써 병우가 같은 질문을 몇 번이나 했지만 진진이 어머니는 항상 웃기만 하였다.

"엄마!"

병우가 다시 응석을 부리듯 말했다.

"모두가 너희를 위한 것이니 엄마가 시키는 대로 따라주면 안 되겠니?"

진진이 어머니가 병우 어깨를 손바닥으로 토닥거리며 말했다.

"밖으로 나간다니 좋긴 하는데……, 진진언니는 어쩌고?"

애리가 물었다.

진진이 생각이 이제야 난 것인지…….

"그 애들은 신경 쓸 필요가 없단다. 이미 섬을 떠났으니……. 다 너와 네 오빠를 위함이라 말했지?"

진진이 어머니가 애리 어깨를 손으로 감싸며 말했다.

"네! 저와 오빠를 위해 다만 필요한 존재들이라고 하셨어요."

애리가 두 눈을 반짝 거리며 진진이 어머니를 쳐다보았다.

진진이 어머니는 고개를 끄덕거렸다.

"……!?"

잠시 깊은 생각을 하던 진진이 어머니의 두 눈이 반짝 빛났다.

"누구죠?"

병우가 작은 음성으로 진진이 어머니에게 묻는다.

"문아령의 하수인 같구나. 역시 S국 첩자들보단 문아령이 한 수 위 같다."

진진이 어머니가 작은 소리로 말했다.

"왜? 우릴 감시했죠?"

애리가 작은 소리로 묻는다.

"아직 확실한 뭔가를 알지 못해서 그것을 알려고 우릴 지켜본 모양 이다."

진진이 어머니가 말했다.

"호호…… 우리를 지켜본다는 것을 이미 눈치 채고 있었다는 것을 모 르고……."

애리가 재미있다는 투로 웃으며 말했다.

누군가 지켜보다가 사라진 모양이다.

T초등학교.

벌써 20년 전 문을 닫은 초등학교다.

지금은 황토 염색 체험장으로 운영되고 있는 산골 폐교였다.

진진이 혜진과 함께 도착한 곳이다.

진진이 앞에 혜진이 서 있고, 그 뒤로 30여 명의 남녀가 서 있었다.

대략 남자가 20여 명, 여자가 10여 명이다. 모두 이제 고등학생 정도로 보이는 젊은 청소년들이다.

"지금부터 여러분은 이곳 체험장에 염색 체험을 하러 온 학생입니다. 알겠습니까?"

진진이 말했다.

"네!"

혜진을 비롯해 뒤에 서 있던 청소년들이 일제히 대답했다.

"그리고 혜진이 너 하나만 나와 같이 다니면 안 될까?"

진진이 자기를 호위한답시고 우르르 몰려다닐까 봐 걱정돼서 하는 말인데.

"걱정 마! 언니는 나 혼자서도 충분해!"

혜진이 의미심장한 미소를 지었다.

■□■
제 *14* 장

소쩍소쩍…….

솔향기 그윽한 숲속에서 소쩍새가 울고 있다.

가로등도 빌딩도 없는 산골마을.

해가 넘어가기 무섭게 어둠이 찾아왔다.

희미한 전등불 아래 진진이 컴퓨터로 게임에 열중이다. 옆에서 혜진이
두 손으로 턱을 고이고 엎드려서 진진이 얼굴을 빤히 쳐다보고 있었다.

"혜……."

혜진이 괜히 실실 웃는다.

"……!?"

진진이 게임을 하다 말고 혜진을 슬쩍 보다가 의아한 표정을 짓는다.

"히힛……!"

혜진이 다시 진진이 얼굴을 빤히 보면서 웃는다.

"왜? 내 얼굴에 뭐가 묻었어?"

진진이 다시 게임에 열중하면서 묻는다.

"있지……. 내가 동생보다 못하다고들 하잖아?"

혜진이 갑자기 진진에게 이상한 질문을 던졌다.

"누가 그런 말을 해? 네 본 모습을 몰라서 그래!"

진진이 게임에 열중하면서 건성으로 대답했다.

"엥? 언니는 알고 있었어? 몰랐네. 언니가 알고 있을 줄은……."

혜진이 뜻밖이라는 반응이다.

"뭘 알고 있었다고?"

진진이 혜진의 말뜻을 모르겠다는 표정으로 혜진을 힐끗 보며 묻더니 이내 게임에 열중한다.

"뭐야? 내 말을 듣고 있는 것도 아니었잖아! 쳇!"

혜진이 입을 삐쭉거렸다.

진진은 아무런 반응도 없이 게임만 열심히 하고 있었다.

"사실은 내가 언니 곁에 있으려고…… 그랬는데……. 히힛!"

혜진이 혼잣말로 중얼거렸다.

"알고 있어! 너 일부러 동생한테 처져서 내 보디가드로 왔다는 것을."

진진이 혜진의 말을 들은 듯 냉큼 대꾸했다.

"헉! 그럴 리가! 완벽했다고 자부했는데…… 들켰네. 황후님도 아실까?"

혜진이 진진을 쳐다보는 두 눈이 반짝 빛을 발했다.

"엄마는 몰라! 나만 알았어!"

진진이 말했다.

"언니는 어떻게 알았는데?"

혜진이 두 팔로 바닥을 짚고 엎드려 일어나면서 묻는다.

"우연히."

진진이 간단하게 대답하면서 게임하기에 정신이 없다.

"쳇! 우연히라고?"

혜진이 실망한 표정이다. 혜진은 장롱 문을 열고 요를 꺼내 바닥에 깔고 그 위에 다시 엎드렸다.

"너? 설마 여기서 자려는 것은 아니겠지?"

진진이 게임을 하던 동작을 멈추고 혜진을 보며 묻는다.

"당연하지! 보디가드가 한 방에 있어야 안전을 책임지지. 다른 방에서 자다가 언니가 습격이라도 당하면 어떻게? 히힛……!"

혜진이 짓궂은 표정을 지었다.

"그럼! 그럼! 당연히 그래야지!"

진진이 묘한 표정을 지으며 혜진을 힐끗 보더니 다시 게임에 정신을 집중하기 시작했다.

"메……."

혜진이 혀를 쏙 내밀더니 밖으로 나가버렸다.

문아령은 벌거벗고 침대에 누워 있었다.

방금 목욕을 한 듯 머릿결이 아직 촉촉했다.

욕실 문이 열리며 40대 남자가 샤워를 한 듯 하얀 수건으로 몸을 가린 채 문아령이 누워 있는 침대로 왔다.

수건을 벗어 던진 40대 남자는 문아령을 애무하기 시작했다.

"음도에 보낸 자들은 뭐라도 알아낸 것이 있나요?"

문아령이 숨을 헐떡거리며 물었다.

"별 것 아니었어요. 열다섯 살, 열두 살 정도 된 두 자식을 둔 어미가 조직을 이끌고 있는 것이 아마도 무슨 경비단체 같았다 하더군요."

40대 남자가 말을 하면서도 문아령의 육체를 손으로 열심히 애무하고 있었다.

"열다섯 살, 열두 살이라면 전혀 관련이 없는 자들이겠군요. 아아……괜한 걱정을 하는지도 모르죠. 둘째 황후가 불에 타 죽었다고 했지만, 유골이 나오지 않았다는 것 때문에 마음 한 구석이 늘 찜찜해서……. 호오……."

문아령이 비음을 흘리며 혼잣말처럼 중얼거렸다.

"두 왕자님들은 언제 궁으로 부르시렵니까?"

40대 남자가 물었다.

봉긋한 문아령의 가슴에 얼굴을 묻고 하는 말이다.

"남들 눈이 있으니…… 이번 고시에 합격을 시켜서 들어오게 하려고요."

문아령이 말했다.

"그러고 보니…… 고시가 이제 며칠 안 남았군요."

40대 남자가 애무가 끝났는지 문아령의 몸에 자신의 몸을 포개며 말했다.

둘은 가쁜 숨을 몰아쉬며 침대를 흔들기 시작했다.

"어! 이게 누구야! 진진이구나!"

진진이 아침 출근을 위해 버스 정류장으로 가는데 누군가 아는 체를 했다.

나이가 지긋한 남자였다.

"아! 안녕하세요?"

진진이 상대방을 알아보고 얼른 인사를 했다.

"어머니는 다른 병원에 다니시나? 통 오시지를 않아서……"

나이가 지긋한 남자는 진진이 어머니 암 치료를 담당하는 주치의였다.

"엄마가 안 가셨어요? 늘 가신다고 했는데……"

진진이 의아한 표정을 지었다.

"네가 엄마 모시고 꼭 오거라! 아직 희망은 있으니 생을 포기하시지 말라고 말씀드리고."

의사는 그 말을 남기고 먼저 떠났다.

금방 진진이 눈이 뻘겋게 충혈되고 눈물이 줄줄 흐른다.

"흑! 엄마가 왜?"

진진이 하늘을 쳐다보며 악을 쓰듯 말한다.

"다른 병원에 다니신 것 아니야?"

혜진이 얼른 진진을 부축하며 묻는다.

"아닐 거야! 엄마는 이미 자신을 포기하신 것 같아. 흑흑…… 난 어떻게 하라고……."

진진이 펑펑 눈물을 흘리기 시작한다.

"오늘 퇴근하고 같이 가보자!"

혜진이 진진을 위로하고 있었다.

"응! 응!"

진진이 눈물을 손으로 대충 닦으며 대답했다.

삼원빌딩,

무향도에서 가장 높은 83층 빌딩이다.

가장 위 83층은 레스토랑이다.

세계에서 가장 비싼 음식을 이곳 레스토랑에서 판다.

투명한 창으로 무향도 전체를 내려다볼 수 있는 이곳은 관광객들에겐 꼭 한 번은 비싼 음식을 먹어봐야 하는 명소 중에 명소다.

무향도의 돈을 '레이'라 부르는데, 전 세계에서 가장 강대국인 S국 돈과 비교하면 10 대 1로 무향도 레이가 우위를 점하고 있다.

일반 소형 자동차 한 대 값이 1천 레이 정도.

그런데 이곳 레스토랑 한 끼 음식 값이 더 비싸다. 무려 1천 200레이.

세계에서 가장 비싼 음식들만 취급하는 kan 레스토랑.

진진이 어머니는 그곳 레스토랑에서 50대 두 남자와 같이 식사를 하고 있었다.

한 남자는 얼굴이 온통 털로 뒤덮인 털보였다.

다른 남자는 평범한 이웃집 아저씨 같은 그런 남자였다.

"그래? 이번에 브라운 켈이 온다고요?"

진진이 어머니가 털보를 보고 물었다.

"네! 틀림없습니다!"

털보가 입 안 가득 음식을 넣고 우물거리며 대답했다.

"정확한 날짜는요?"

진진이 어머니가 다시 물었다.

"고시 발표일인 13일 후입니다."

털보가 대답했다.

"들었죠? 반드시 그자를 사로잡아야 합니다. 그래야 S국과 다시 계약을 체결할 수 있습니다."

진진이 어머니가 평범한 50대 남자를 보며 말했다.

"최선을 다해 꼭 사로잡도록 하겠습니다."

평범한 50대 남자가 대답했다.

■□■

제 *15*장

"안녕하세요? 바쁘시네요?"

아리가 밝은 표정으로 바쁘게 움직이는 사람들 틈으로 돌아다니며 열심히 인사를 하고 있었다.

"어이구! 공주님! 인사성도 좋으시지."

"인사성만 좋으신가. 얼마나 예쁘신데……."

사람들마다 칭찬이 이어졌다.

"그런데 왜 공주님 호위는 없지?"

"아무도 신경을 쓰지 않는다던데."

"왜?"

"황의 친딸이 아니라서 그렇다던데!"

사람들마다 한마디씩 했다.

내일 있을 무향도 입궁 자격이 주어지는 고시가 치러지는 행사장 준비를 하는 사람들이다.

고시에 분야별 수석으로 합격한 사람들은 황이 직접 하사품을 내려치하를 하는데.

그 자리에 문아령을 제치고 올해는 아리가 참석하게 되었다.

황의 특명이었다.

당연히 문아령은 불만이 가득했다.

그렇다고 비록 입양된 공주라 해도 공주가 참석을 한다는데 막을 명분도 없고.

해마다 전통적으로 이어진 두 개의 자리를 더 늘리자고 할 명분도 없었다.

문아령은 겉으로는 불평을 하는 모습으로 황을 대했지만, 사실 나가고 싶은 자리도 아니었다.

하루 종일 시험을 치르는 사람들을 바라보는 일이 그리 즐거운 것은 아니었기에.

차라리 방에서 내연의 남자와 밀회나 즐기는 편이 좋다고 생각했다.

그래서 문아령은 아리를 위해 자신이 양보한 것처럼 생색을 내고 물러섰다.

"우리 아리가 올핸 황을 잘 모시고 참석해서 경험을 쌓도록 해라!"

"황후님이야 아리 공주님을 그다지 좋아하지 않으시니 그렇지만…….
황께선 귀여워하시는데 왜 보디가드도 없이 혼자 다니게 하실까?"

누군가 안타까운 말투로 한마디했다.

휘잉…….

방금 말한 30대 남자 곁으로 찬바람을 일으키며 검은 그림자 하나가 스쳐 지나갔다.

검은 옷과 신발. 장갑까지 온통 검은색으로 몸을 가린 사람이다.

"헉! 저자에게서 피 냄새가 난다!"

30대 남자는 온몸을 부르르 떨었다.

"아리 공주님이 위험하다!"

30대 남자는 직감적으로 느끼고 자기도 모르게 검은 그림자를 뒤쫓아 뛰어가며 소리쳤다.

"뭐? 아리 공주님이?"

사람들은 30대 남자 목소리를 듣고 일제히 검은 그림자를 향해 몸을 움직이기 시작했다.

황궁 입구에 임시로 설치되는 고시장이라 이곳엔 황궁 경비대도 없었다.

검은 그림자와 아리와의 거리는 이제 불과 5미터…….

검은 그림자의 손엔 번쩍이는 물채가 쥐어졌다.

방금 품속에서 꺼낸 날카로운 칼이었다.

검은 그림자는 갑자기 속도가 빨라졌다.

"악! 아리 공주님!"
사람들이 먼저 위험을 느끼고 비명을 질렀다.
벌떼처럼 사람들이 검은 그림자를 향해 달려들었다.

마치 미꾸라지처럼 검은 그림자는 사람들 틈을 빠져나가며 아직도 눈치를 못 채고 있는 아리의 등 뒤로 번개같이 날았다.
검은 그림자는 손에 든 칼을 재빠르게 아리 등에 꽂았다.

푹……!
"아악! 공주님!"
사람들은 안타까운 비명을 지르며 아리 공주를 바라보았다.

"헉! 저럴 수가!"
사람들은 일제히 아리 공주와 검은 그림자를 번갈아 바라보며 믿을 수 없는 광경에 놀라고 있었다.

보라.
검은 그림자가 손에 든 칼은 아리의 머리 위로 아슬아슬하게 빗나가 멈춰 있고, 아리는 마치 주저앉은 모습으로 손 하나를 뒤로 들고 있는데, 그 손이 검은 그림자의 명치를 찌르고 있었다.

"엥! 이 아저씨 왜이래?"

아리는 놀란 표정으로 뒤를 돌아보며 말했다.

사람들이 우르르 달려들어 검은 그림자의 손에 든 칼을 빼앗고 꼼짝
못하게 제압했다.

이제 20대 초반 정도 되는 잘생긴 청년이 검은 그림자의 실체였다.

청년은 아직도 무척 고통스러운 듯 자신의 배를 움켜쥐고 있었다.

"젠장! 재수가 옴 붙었어!"

겨우 고통에서 벗어난 청년이 처음으로 내뱉은 말이다.

"이놈! S국 자객 같으니 얼른 황궁 경비대에 넘깁시다."

사람들이 청년을 꽁꽁 묶어 질질 끌고 갔다.

"공주님 괜찮으세요?"

"다치신 데는 없고요?"

사람들은 아리 공주를 걱정하며 무척 다행이라는 듯 안도의 표정을
지었다.

"헤헤…… 이상하네! 저 아저씨 뭐죠?"

아리가 영문을 모르겠다는 표정으로 말했다.

"브라운 켈?"

혜진이 놀라는 표정으로 물었다.

바닷가 모래사장에 앉은 진진과 혜진.

근처엔 사람 그림자도 보이지 않았다.

날씨도 더운데 해수욕을 즐기는 사람이라도 있어야 하는데.

분명히 해수욕장이 맞는데 아무도 없었다.

물이 빠지면 급경사가 나타나서 해수욕을 할 수 없는 시간대이기 때문이다.

사람들이 위험하기 때문에 해수욕장을 봉쇄한다.

그래서 붙여진 '이름 밀물 해수욕장'.

물이 들어와야 해수욕장을 개방한다.

단리.

해수욕장에 있는 유일한 찻집.

음도에서 나온 후 진진이 어머니와 병우, 애경이 함께 머물며 장사를 하는 곳이다.

진진이 어머니를 만나기 위해 이곳에 왔으나 아직 어머니는 귀가하시지 않았다.

혜진을 데리고 백사장에 와서 앉은 진진이 뜬금없이 꺼낸 말이 브라운 켈 이야기다.

"그래! 브라운 켈이라고 S국 정보국장이자 현 S국 대통령의 외아들이야. 그자가 이번에 무향도로 잠입했어. 자신의 친위대를 이끌고. 우린 그자를 반드시 생포해야 해. 이유는 네가 잘 알겠지?"

진진이 말했다.

그러면서 어린아이처럼 모래를 한 움큼 들고 이리저리 뿌리며 신난 표정이다.

도무지 진지한 표정이 아니다.

그런 진진의 행동을 보며 혜진도 모래 장난을 하기 시작했다.

"알아! 그자의 목숨을 담보로 S국과 상속문제 계약서 작성을 다시 하려는 것이지?"

혜진도 모래 장난을 치며 말했다.

누가 보면 둘이 백사장에 앉아 모래 장난을 치는 것처럼 보일 것이다.

"그래! 난 내일 고시를 보고 궁에 들어갈 거야. 넌 밖에서 그 일을 맡아줘! 특히 어머니가 모르게 비밀로 움직여. 알았지?"

진진이 말했다.

"알았어! 쳇, 이게 뭐야! 결국 난 또 언니 곁에 머물 수 없게 됐잖아!"

혜진이 입을 삐쭉거리며 투덜댄다.

진진이 그런 혜진을 보며 빙긋 웃는다.

"웃지 마! 난 심각한데……. 황후님이 언니를 목숨으로 지키라 했는데……. 그건 어쩌지?"

혜진이 갑자기 심각한 표정으로 물었다.

"동생이 있잖아!"

진진이 당연하다는 투로 말했다.

"으아…… 또 동생에게……."

혜진이 갑자기 고함을 치며 팔딱팔딱 뛴다.

"혹시? 내 동생을 나보다 더 좋아하는 거 아냐?"

혜진이 심각한 표정으로 물었다.

진진은 그냥 웃기만 했다.

"쳇! 쳇! 이게 뭐야, 나만 나쁜 년으로 만들고 있잖아!"

혜진이 투덜대며 백사장을 이리저리 걸어 다니기 시작했다.

"아직 놈이 안 갔어."

진진이 작은 소리로 말했다.

"알아! 우릴 계속 지켜보고 있다는 거."

혜진이 말했다.

"누구 같아?"

진진이 물었다.

마치 자신은 알고 있다는 투로.

"음……! 혹시 아까 말한 브라운 켈의 친위대?"

혜진이 알았다는 표정으로 물었다.

"그래! 바로 그들이야."

진진이 대답했다.

"그들? 그럼 한 놈이 아니었어?"

혜진이 놀라는 표정이다.

"후후…… 세 명이야. 하나는 단리 옆 숲에, 하나는 슈퍼에, 나머지 하나는 바닷물 속이야."

진진이 말했다.

"뭐? 바닷물 속?"

혜진이 얼른 진진 옆에 앉으며 물었다.

"그래! 아마 저들이 타고 온 소형 잠수정 같아. 세 명이 타고 온 아주 작은 잠수정."

진진이 말했다.

"우와! 정말 놀랐는데. 어떻게 잠수정까지 알 수 있어?"

혜진이 물었다.

"물고기가 움직이는 것보단 크고, 가끔 산소방울이 올라오더라."

진진이 별 것 아니라는 투로 말했다.

"오호! 그래서 바닷물에서도 집이나 숲에서도 가장 적합하게 떨어진 백사장으로 날 데려왔군! 역시 언니는……."

혜진이 엄지손가락을 치켜세웠다.

"아마 저들은 너와 날 의심해서 이곳에 온 것이 아니야!"

진진이 말했다.

"그럼? 황후님을?"

혜진이 물었다.

"그래! 어머님이 꼬리를 밟히신 모양이야. 아마 어머님도 그걸 아시고 귀가를 안 하시는 것이고……."

진진이 말했다.

"그럼 어떡하지?"

혜진이 말했다.

"어머니를 오늘은 못 만나게 됐다는 말이지. 후후……."

진진이 허탈하게 웃는다.

"그럼 그냥 갈 거야?"

혜진이 물었다.

"그냥 갈 수야 없지. 단리에 가서 차 두 잔만 사 가지고 와! 저들이 눈치 못 채게 태연하게."

진진이 말했다.

"무슨 차를?"

혜진이 일어나 찻집 단리로 가려다가 물었다.

"착 달라붙는 차를 달라고 하면 알아."

진진이 묘한 미소를 지으며 말했다.

"알았어!"

혜진이 찻집 단리를 향해 백사장을 걸어가며 말했다.

진진은 일어서서 바닷가로 천천히 걸어갔다.

물이 다 빠지고 급경사를 이루는 곳엔 백사장이 아닌 예쁜 자갈들이 쫙 깔려 있었다.

진진은 자갈을 주워들고 바다로 던졌다.

물수제비를 뜬다고 해야 할까.

자갈이 물 위로 떠가며 물장구를 치게 만들고 있었다.

누가 보면 영락없이 심심해서 장난을 치는 모양인데.

이곳저곳으로 물수제비를 뜨는 놀이를 하던 진진은 어느 한 곳을 바라보며 눈을 반짝 빛냈다.

"언니! 차 마시고 해."

혜진이 차를 두 잔 들고 올 동안 진진은 혼자서 열심히 물수제비뜨기 놀이를 하고 있었다.

진진은 혜진이 가져온 일회용 컵을 들고 차를 마시기 시작했다.

차를 마시면서도 열심히 물수제비 놀이를 하던 진진.

찻잔 속에서 엄지손가락만 한 검은색 물체를 꺼내더니 얼른 자갈에
붙였다.

그 모습을 본 혜진도 자신의 찻잔 속에서 같은 물체를 꺼내 자갈에
붙였다.

진진이 어느 방향을 향해 그 자갈을 던졌다.

혜진도 같은 방향으로 그 돌을 던졌다.

다시 장난치듯 물수제비 놀이를 하던 진진과 혜진.

이제 싫증이 난 듯 물수제비 놀이를 그만하고 다시 백사장으로 걷기
시작했다.

"그건 폭약이잖아?"

혜진이 백사장 한가운데 오자 진진에게 물었다.

"응! 착 달라붙는 성분의 폭약이지. 후후……."

진진이 웃었다.

"그럼? 잠수정을 폭파하려고?"

혜진이 놀라는 표정으로 물었다.

"폭파는 무슨…… 구멍만 나게 만드는 것이지. 아마 앞으로 3시간 후
면 바위에 부딪힌 듯 잠수정에 구멍이 생겨 물이 들어올 거야. 네가 던
진 것도 정확했으니 두 군데가 그렇게 되겠지."

진진이 말했다.

"그럼! 저들이 3시간 안에 잠수정을 타면 모두 죽겠네?"

혜진이 말했다.

"그래 해가 지면 저들은 잠수정을 타고 갈 거야. 앞으로 정확히 2시간 반 정도지. 그럼 저들은 바다 한가운데서 아마 죽게 되겠지. 이 무향도 관할 바다가 아닌 곳으로 나가려면 30분은 걸리거든. 아마 공해상에 저들은 모함이 있을 거야. 그곳으로 집합해야 하겠지. 정보를 수집하고 모두."

진진이 말했다.

"그럼 저런 잠수정이 하나 둘이 아니란 거야?"

혜진이 물었다.

"당연하지. 친위대 모두가 움직이려면 아마도 수십 척은 될 걸."

진진이 말했다.

제 *16*장

한치 앞도 보이지 않는 어둠 속.
눈썹 모양의 초승달만 구름 속에서 반쯤 고개를 내밀었다.

초승달의 빛 때문인가.
바닷가 백사장이 희미하게 보였다.

두 개의 그림자.
백사장 위로 두 개의 그림자가 민첩하게 움직이고 있었다.

밀물이 되어 백사장은 이미 거의 물이 들어온 상태였다.
두 개의 그림자는 바닷물 속으로 재빠르게 걸어 들어갔다.

차츰 두 개의 그림자는 물속으로 사라졌다.

"흠! 이제야 놈들이 갔군!"
두 개의 그림자가 바다 속으로 사라진 직후 백사장 끝 숲속에서 하나의 그림자가 모습을 드러내며 중얼거렸다.

　바로 삼원빌딩 가장 높은 층 레스토랑에서 진진이 어머니와 같이 식사를 하던 평범하게 생긴 50대 남자였다.

　50대 남자는 즉시 주머니에서 핸드폰을 꺼내 어디론가 전화를 했다.

　"이제 갔습니다! 오셔도 됩니다. 왕자님께서 오래전부터 기다리고 계십니다."

　50대 남자는 전화를 끊고 빠르게 사라졌다.

　"누구지? 저 사람은?"

　단리.

　유일하게 불빛이 있는 해수욕장 앞 찻집.

　병우가 탁자에 앉아 두 손으로 턱을 고이고 골똘히 생각을 하며 옆에서 손거울을 들고 열심히 화장을 하는 애경에게 물었다.

　"좀 있으면 언니들이 올 텐데……."

　애경은 화장을 하는 손을 멈추지 않고 대충 대답했다.

　언니들이 오면 물어보라는 말이다.

　"이게! 콩알만 한 것이 무슨 화장은!"

　병우가 자신의 물음에 성실하게 대답하지 않는 동생이 얄미웠는지 주먹을 쥐고 살짝 애경의 머리를 쥐어박았다.

　"이놈! 오빠가 어째서 동생을 때리는 것이냐?"

언제 나타났는지 진진이 어머니가 몇 발자국 앞에서 호통을 치고 있었다.

"엄마! 엄마 없으면 오빠가 막 때려. 으앙……."

애경이 진진이 어머니 품으로 달려가 안기며 울음을 터뜨렸다.

"엥? 내가 언제? 아…… 아니에요! 전 동생 안 때려요."

병우가 두 팔을 들어 좌우로 흔들며 황당하다는 표정으로 말했다.

"진진은?"

진진이 어머니는 입가에 미소를 띠며 병우에게 물었다.

"언니는 낮에 오셨다가 그냥 가셨어요."

애경이 진진이 어머니 품에서 벗어나며 얼른 대답했다.

눈에 눈물 한 방울 묻지 않았다. 괜히 우는 척한 모양이다.

"저 여기 있어요."

어둠 속에서 진진이 혜진과 같이 나타나며 말했다.

진진이 눈엔 눈물이 가득 고여 있었다.

"그래, 들어가자."

진진이 어머니가 진진이 왜 왔는지, 무슨 말을 하려는지 아는 모양이다.

얼른 진진을 데리고 방으로 들어갔다.

혜진은 둘이 들어간 방문 앞에 서서 경계 자세를 취했다.

병우와 애경은 아무 일 없었던 것처럼 다시 탁자에 앉아서 언제 싸웠냐는 듯 재잘재잘 수다를 떨기 시작했다.

긴 탁자가 방 한가운데 놓여 있고 방석이 양쪽으로 다섯 개씩 열 개가 놓여 있는 것을 보니 무슨 회의장 같았다.

진진과 진진이 어머니는 한쪽에서 서로 마주보고 앉았다.

벌써부터 두 눈에 가득 눈물을 흘리고 있는 진진.

"그게 말이다. 그러니까……."

진진이 어머니는 무슨 변명이라도 해야겠는데, 마땅한 생각이 떠오르지 않았다.

"왜? 도대체 왜? 병원에 안 가는 거야?"

진진이 악을 쓰듯 눈물을 펑펑 흘리며 말했다.

"내일 같이 가자! 꼭 같이 갈게."

진진이 어머니는 결국 변명을 하지 못하고 진진을 달래려고 애썼다.

"분명히 말하는데, 엄마 없으면 나도 세상이 필요 없어! 무슨 말인 줄 알지?"

진진이 손바닥으로 대충 눈물을 닦아내며 말했다.

"그런 말 함부로 말하면 안 된다. 엄마야 병원에서도 이미……."

진진이 어머니는 결국 뒷말을 잇지 못했다.

눈에 눈물이 주르륵 흘렀다.

진진이 앞에서 절대 울어선 안 되는 줄 알면서 결국 울고 말았다.

"문아령의 악독한 수에 걸려 화상을 입고 죽을 고비를 수없이 넘겨왔는데⋯⋯. 결국 하늘이 이 엄마를 데려가겠다는데, 어쩌겠니?"

진진이 어머니가 천장을 바라보며 한탄하듯 말했다.

"죽긴 누가 죽어? 엄마는 절대 안 죽어. 내가 끝까지 살릴 거야! 알아?"

진진이 두 눈에 눈물을 펑펑 흘리며 자신에게 주문을 외듯 말했다.

"그런데⋯⋯! 이상하게도 요즘은 몸이 많이 가벼워졌다. 통증도 거의 사라지고⋯⋯. 내일 같이 병원에 가보자꾸나."

진진이 어머니가 말했다.

"뭐? 그게 정말이야?"

진진이 눈물을 손바닥으로 쓰윽 문지르며 두 눈을 크게 뜨고 엄마를 바라보며 물었다.

"그래! 정말 그렇단다."

진진이 어머니가 말했다.

"정말 그 소철나무 열매가 효능이 있나보다, 그치?"

진진이 언제 울었느냐는 듯 반색하며 말했다.

"그래, 그런가보다."

진진이 어머니 입가에 살며시 미소가 번졌다.

"이제 나가자! 애들 배고프겠다. 같이 밥 먹어야지."

진진이 어머니가 몸을 일으키며 말했다.

"내일 시험 보러 가야 하니까 끝나고 같이 병원에 가는 거야?"

진진이 같이 일어나며 못을 박듯 물었다.

"그래! 꼭 그렇게 하마!"

진진이 어머니는 일어나서 진진이 곁으로 오더니 진진을 꼭 안아줬다.

진진이 어머니 눈엔 눈물이 주르륵 흘렀다.

어머니 품에 안긴 진진 역시 두 눈에 눈물이 가득 고였다.

둥 둥 둥

거대한 북이 울리고 있었다.

5년에 한 번 열리는 입궁 자격이 주어지는 고시가 치러지는 날이다.

고시 시작을 알리는 북소리가 무향도 전체를 들썩거리며 울려 퍼졌다.

"야! 너! 꼭 수석으로 합격해라!"

황이철과 오진명이 진진에게 덕담을 했다.

"그래, 고마워! 너희들도 꼭 수석 합격해라! 충분히 그럴 것이지만."

진진이 미소를 지으며 같이 덕담을 했다.

"자! 모두 지정된 자리에 앉으시오! 5분 후에 1차 시험을 시작하겠습니다!"

장내 사회자가 안내 방송을 했다.

수백 명의 수험생들은 질서 있게 움직여 각자 자리에 앉았다.

이철과 오진명은 진진과 헤어져 자신들 자리로 갔다.

각자 치르는 시험이 다르므로 시험장 역시 달랐다.

진진은 어머니 뜻을 받들어 황을 만나야 하므로 반드시 수석 합격을 해야만 했다.

진진은 황의 음식과 영양을 담당하는 비서직 고시를, 이철은 황궁 의료직 고시에, 오진명은 황궁 경호 담당 고시에 도전장을 내밀었다.

혜진은 진진의 특명을 받고 임무를 수행하느라 이곳에 오지 않았다.

당연히 진진의 경호는 없었다.

"오호! 이 언니 자신감에 가득한데? 이름이 뭐예요?"

아리 공주가 수험생들 사이로 돌아다니며 수다를 떨기 시작했다.

"김윤지에요."

진진의 친구 윤지도 고시를 치르러 온 모양이다.

"오호! 윤지님. 자신감은 많아 좋은데……. 머리카락이 옷에 묻었네요."

아리는 윤지의 어깨에 묻은 머리카락을 손가락으로 들어 보이며 눈을 찡긋거렸다.

"아이고 죄송해요."

윤지가 어쩔 줄 몰라 안절부절못했다.

아리는 다시 수험생들 사이로 돌아다니며 재잘거리더니 황이철 옆에 멈추었다.

"엥? 이 오빠도 머리카락이. 쯧쯧……."

마치 치기어린 모습으로 혀까지 차며 이철의 목덜미에서 머리카락을 하나 들고 말했다.

"어이쿠 죄송합니다."

이철은 얼른 고개를 숙이며 말했다.

"호호…… 저 아저씨도 몸에 머리카락을 묻혀 가지고……."

아리는 이미 저만치 가버렸다.

아리는 이곳저곳 돌아다니다가 오진명 옆에까지 왔다.

"아야!"

오진명이 비명을 질렀다.

"엥! 이거 생머리였네. 난 또 떨어진 머리카락인 줄 알고……. 호호……."

아리는 뒤를 돌아보지도 않고 저만치 갔다.

"젠장! 내가 얼마나 깔끔한데 머리카락을 흘리고 다니겠어."

오진명이 투덜거렸다.

아리는 다시 진진이 시험을 치르는 곳으로 걸어왔다.

천천히 걸어 다니며 수험생들이 시험을 치르는 것을 감시하듯 조용히 움직이고 있었다.

진진이 뒤편 세 사람 뒤에 시험을 치르던 사람이 갑자기 일어나서 앞으로 걸어왔다.

"거기!"

언제 나타났는지 아리가 앞을 가로막고 있었다.

"네?"

아리가 앞을 가로막자 걸어오던 수험생이 의아한 표정으로 물었다.

"자리에 앉아요."

아리가 조용히 말했다.

"전…… 이미 끝났는데요."

수험생은 이미 시험 문제를 다 푼 모양이다.

"그래요? 그럼 뒤로 조용히 돌아 나가세요."

아리가 말했다.

"네! 알겠습니다!"

수험생은 고개를 갸웃거리며 걸어오던 방향을 돌려 뒤쪽으로 걸어갔다.

"공주님!"

누군가 아리를 부르며 달려왔다.

"네?"

아리가 얼른 그 사람을 보며 물었다.

"황께서 얼른 자리에 오셔서 앉으시랍니다."

아리가 수험장을 돌아다니는 것을 보다 못한 황이 아리를 부른 것이다.

아리는 뭔가 아쉬운 듯 머뭇거리다가 높은 단상을 향해 걸어갔다.

시험장이 훤히 내려다보이는 단상 위에 두 개의 황금색 의자가 놓여 있고, 황 도지원이 오른쪽 의자에 앉아서 아리가 걸어오는 것을 지켜보고 있었다.

황의 옆 의자는 아리가 앉을 의자였다.

"아빠! 죄송해요!"

아리가 상냥하게 미소를 지으며 살짝 고개를 숙였다.

"어서 앉아라!"

황이 말했다.

아리가 조용히 자리에 앉았다.

"지나치게 걱정하지 않아도 된다. 철통같은 경비 속에 시험이 치러지고 있으니까."

황이 지나가는 말투로 말했다.

"네! 알아요."

아리가 아직도 뭔가 미덥지 않은 표정으로 말했다.

오후 3시.

모든 시험이 끝나고 바로 수석 합격자 발표를 했다.

진진과 황이철, 오진명이 나란히 수석으로 합격을 했다.

수석 합격자는 모두 열한 명.

분야별로 한 명씩 수석 합격자가 나왔다.

한 명씩 황과 아리가 내려주는 상을 받기 위해 단상으로 올라갔다.

일곱 번째로 진진이 단상으로 올라갔다.

"이 머리핀은 황께서 엄마에게 비밀리에 신표로 주신 물건이다. 황께서 손수 만드신 것이라 세상에서 하나뿐인 머리핀이다. 이것을 황께 보이면 너를 알아볼 것이다."

진진은 어머니가 주신 머리핀을 손에 꼭 쥐고 단상으로 올라갔다.

"수석 합격을 축하한다."

황 도지원은 진진에게 샴페인을 한 잔 따라주며 말했다.

"감사합니다."

진진은 샴페인 잔을 받으며 머리핀을 황에게 보여줬다.

파르르…….

황 도지원은 순간적으로 몸을 떨었다.

허나 누구도 눈치 못 챌 정도로 순간적으로 지나갔다.

"합격 축하해요. 언니!"

아리가 선물 상자를 건네며 눈을 찡긋거렸다.

"감사합니다!"

진진이 아리가 건네주는 선물 상자를 받으며 고개를 살짝 숙였다.

열한 명의 수석 합격자의 접견이 끝났다.

"수석 합격자는 물론 합격자 전원에게 입궁을 허락하는 고시였으나…… 금년은 예외가 하나 있습니다. 영양사 비서직에 합격하신 여덟 명 전원에게 일 년간 대기발령을 내리셨습니다. 이는 음식, 영양 담당 비서직이 넘쳐 더 이상 궁에 자리가 없어서 내린 부득이한 조치입니다. 내년엔 음식, 영양 비서직 시험은 치러지지 않을 것이며, 올해 합격하신 분들에게 우선 적으로 입궁을 허용하신다 하셨습니다. 자리가 나는 대로 합격하신 분들을 입궁토록 하겠다고 하였으니 이 점 양해를 바랍니다."

황과 아리가 물러간 후 장내 사회자가 발표한 내용은 진진에게 충격이었다.

그렇게 기다리던 입궁.

황 도지원 곁에 머물 수 있는 기회는 다시 사라졌다.

분명히 자신을 알아보는 눈치였는데.

야속한 아버지.

진진은 발표를 듣고 시험장을 나서며 비틀거렸다.

"이건 분명히 아버지께서 나를 내치신 거야. 내가 보여준 머리핀을 알아보는 눈치였는데……. 왜? 도대체 왜? 입궁을 못하게 막는 것일까. 왜?"

진진은 머리카락을 두 손으로 움켜쥐고 오열했다.

"어떡해……!"

진진의 친구 윤지가 다가와 진진의 어깨를 손바닥으로 토닥거리며 말했다.

윤지는 간호 의료 분야에 합격했다.

"진진아! 이게 무슨 날벼락이냐?"

이철이 달려와 진진이 옆구리를 손가락으로 쿡 찌르며 말했다.

"응! 괜찮아! 까짓것 내년에 입궁하면 되지 뭐."

진진이 애써 미소를 지었다.

아빠는 왜 나를 내치신 것일까?

이미 엄마와 날 잊어버리신 것일까.

아니면 귀찮아지신 것일까.

도대체 왜?

20여 년간 그리워했던 아버지가 날 모른 체하실까.

정말 날 모르는 것일까.

이미 20년 전에 잊어버린 자식이란 것일까.

진진은 옆에서 이철과 윤지가 위로의 말을 해도 하나도 들리지 않았다.

황 도지원이 왜 자식인 자신을 모른 체하느냐 하는 의문을 풀려고 애쓰고 있었다.

제 *17* 장

"진행이 멈췄네요."

안경을 쓴 의사는 진진이 어머니의 검사 경과로 이렇게 말했다.

"악성종양의 크기도 오히려 작아지고 더 이상 세포조직이 파괴되지 않고 있으므로 프로스타글라딘 물질이 나오지 않으니 통증도 사라졌을 겁니다."

"그럼 이제 암도 치료가 되고 있다는 증거죠?"

진진이 희망을 갖고 물었다.

"꼭 그렇다고는 볼 수 없지만…… 희망은 있다고 봐야겠지. 아마도 너를 위해 무엇인가 만드느라고 5년을 한 가지 일에 집중하다 보니 간 암도 통증도 모두 잊고 살아오신 덕택이라 생각한다. 앞으로도 그렇게 '내가 암에 걸렸다, 몇 년 못 산다' 하는 식으로 비관하며 살지 말고 내 몸에 있는 그까짓 병쯤이야 하는 식으로 잊고 사시길…… 아! 그렇다고 치료를 게을리 하지 마시고. 마음은 잊고 사시란 겁니다."

의사는 진진이 어머니에게 미소를 지어 보였다.

"조금 더 지켜보다가 상태가 더 좋아지면…… 이식 수술도 검토를 해봐야 할 것 같습니다."

의사는 무척 희망적으로 말하고 있었다.

왠지 진진이 어머니는 억지 미소만 진진에게 보일 뿐이다.

진진이 어머니 얼굴은 그리 밝지 못했다.

"왜 그래, 엄마?"

병원을 나와 거리를 걸으며 진진이 눈치를 채고 은근슬쩍 물었다.

진진이 어머니는 그냥 억지 미소만 지을 뿐 아무런 말이 없다.

"아빠가 날 내친 것 때문에?"

진진이 알겠다는 표정으로 물었다.

진진이 어머니는 고개를 끄덕거렸다.

"에구, 못살아! 지금 그걸 생각할 때야? 엄마 건강이 먼저지? 그까짓 아빠. 모르고 자란 시간이 얼만데. 이제 와서 꼭 아빠 곁으로 가야 해? 그냥 엄마랑 나랑 둘이서 살자. 이까짓 위장 이젠 그만하고 싶어."

진진이 갑자기 옷을 벗으려고 했다.

"진진아!"

진진이 어머니가 무척 화가 난 얼굴로 진진을 불렀다.

"알았어! 미안해! 다시는 안 그럴게."

진진은 얼른 옷을 고쳐 입으며 진진이 어머니를 두 팔로 끌어안았다.

"명심해. 네가 지금은 아빠의 상속인이란 사실을 아무도 모르기 때문에 안전하지만, 네가 상속인으로 세상에 밝혀지면 아무리 많은 경호원이 있다 해도 위험하다. 여자는 명목상 상속인이 될 수 없으니 S국에서도 해치려고 하지는 않는다. 자기네 사람을 너와 결혼시켜서 한 번에 꿀꺽 하려고 하겠지. 넌 반드시 상속인이 돼야 한다. 그때까지 참아라."

진진이 어머니는 길을 걸으며 지나가는 사람이 없을 때만 말을 이어갔다.

"조만간 혜진이에게서 무슨 연락이 오겠지. 아마도 네 아빠는 널 보호하려고 모른 체하신 것 같다. 즉, 아직은 사람들 앞에 널 내세울 때가 아니라고 판단하셨을 거야. S국 첩자들도 문제고, 문아령도 문제고, 제3의 인물들도 경계해야 하고. 어려운 결심을 하셨을 거야. 네가 이해하렴."

"정말? 아빠가 날 위해서 그렇게 하셨을까?"

진진이 표정이 조금은 밝아졌다.

"혜진이는 뭘 하느냐?"

진진이 어머니는 갑자기 이상한 눈으로 진진을 바라보며 물었다.

"웅! 그게……. 뭐 좀 시켰어."

진진은 대충 얼버무리려고 했다.

"혹시 쓸데없는 곳에 신경 쓰고 다닌다면 얼른 손 떼고 네 안전이나 책임지라고 해라. 세상에서 가장 중요한 것이 네 안전이다. 그걸 명심해! 이 엄마를 위하는 것도 그게 우선이야. 알았지?"

"아…… 알았어! 그렇게."

진진은 얼른 어머니를 안심시켰다.

진진이 어머니는 그래도 뭔가 믿음이 안 간다는 표정인데.

그때.
진진이 어머니 핸드폰이 울렸다.

"그래! 나야! 뭐? 그래서? 알았어!"
진진이 어머니는 그렇게 통화를 했다.

"넌 이제 돌아가라! 혜진이에게 네 곁에서 한 발자국도 벗어나지 말라
고 하고. 엄마는 일이 생겨서 급히 가야겠다."
진진이 어머니는 진진이 대답도 듣지 않고 총총히 사라졌다.

"놈들이……!"
진진은 어머니 핸드폰 통화 내용을 조금은 들었다.
바로 S국 브라운 켈과 그의 친위대 이야기다.
그들이 본격적으로 무향도에 상륙을 시도하고 있다는 이야기였다.

진진은 핸드폰으로 혜진이에게 전화를 걸었다.
"켈은?"
진진이 전화 통화는 간단했다.
단 한마디 묻고는 끊어버렸다.

황 도지원.

황금으로 치장된 화려한 실내.

이곳은 황궁 밀실이다.

도지원은 지금 아리 공주와 단둘이서 대화를 나누고 있었다.

둥근 탁자를 사이에 두고 화려하게 장식된 의자에 마주앉아 차를 마시고 있었다.

"그래? 검사 결과가 나왔단 말이지?"

도지원이 아리에게 물었다.

"네! 둘 다 가짜로 밝혀졌어요."

아리가 문서를 탁자 위에 펼쳐놓으며 말했다.

유전자 감식 결과 통지서.

"어차피 검사를 해보나마나 그들은 가짜다. 문아령이 꾸며낸 애들인데. 문제는 문아령이 알고 있느냐 하는 것이야. 모른다면 다행이지만 안다면 그 애가 위험하거든."

"그래서 오빠를 모른 체하신 거죠? 오빠의 안전을 위해서?"

"그래! 그 아이가 내 뜻을 이해했으면 좋으련만……. 오해라도 하면 그 원망을 어찌 할고?"

"제가 잘 말해줄게요. 오빠도 아빠의 마음을 알고 이해할 겁니다. 그러니 너무 아파하지 마세요."

아리는 황 도지원의 눈가에 살짝 맺힌 눈물을 보았다.

"얼마나 기다리던 아들인데……. 얼마나 안고 싶었던 아인데……. 돈도 권력도 그것 하나 제대로 못하다니. 참…… 허무한 일이로다."

"이번에 브라운 켈을 반드시 잡아야죠. 그래서 그 계약서부터 바로잡아야죠."

"그래! 나도 브라운 켈이 불법적으로 무향도에 침입하길 바라고 있다. 그래야 그를 사로잡을 명분이 생기니까 말이야. 헌데……."

"왜요? 뭐 문제라도?"

아리가 얼른 물었다.

"문제는 바로 그 사람이다."

"누구요? 황후님?"

"그래! 그 사람이 독자적으로 움직이고 있다. 브라운 켈을 사로잡으려는 모양인데……. 더 큰 문제는 제3의 세력까지 움직이는 느낌이 든다. 반드시 브라운 켈을 사로잡아야 하는데……. 일이 잘못되면 오히려 큰일이다."

"잘못된다 하심은?"

"브라운 켈을 사로잡지 않고 죽일까 그것이 염려가 된다."

"그렇지는 않을 거예요. 황후님도, 그 누구도 브라운 켈을 사로잡으려고 할 것이니 말이에요."

"뭐 아는 거라도 있니?"

"아뇨. 제 느낌이 그래요."

아리는 생글생글 웃었다.

"그렇다면 다행이고. 이젠……. 문아령이 내세운 그 두 아이가 미끼 역할을 제대로 해주길 바라는 수밖에……."

"그런데…… 왜 브라운 켈이 직접 움직이는 거죠? 전 이해가 안 가요. 가짜 왕자 둘 정도야 자객들만 해도 충분할 텐데……."

"허허…… 그들도 민영이와 앞서 죽은 두 왕자도 가짜란 걸 다 알아. 앞으로 문아령이 내세울 두 아이도 가짜란 걸 아마 벌써 알고 있을 거야."

"예에? 어떻게요?"

"문아령과 내연의 관계를 갖고 있는 자가 바로 S국 정보국 소속이거든."

"그래요? 어떻게 알았어요?"

아리가 대단하다는 표정으로 황 도지원을 바라보았다.

"내가 바보로 보이나?"

"엥! 무슨 말씀이신지?"

아리는 순간 당황했다.

"내가 누구냐? 그래도 황 소리를 듣는 무향도 주인 아니냐? 그 정도도 모르고서야 어찌 황이라 하겠느냐? 너도 황후가 내 곁에 그냥 내가 적적해서 보냈다고는 생각하지 않는다."

"예에?"

"너도 사실은 날 경호하라고 보낸 것이 아니냐?"

"우아! 역시 대단하시네요. 어떻게 알았어요?"

아리는 부정하지 않았다.

사실 황후가 아리를 이곳 도지원의 양딸로 보낼 때 특명을 하달했다.

"명심해라. 목숨을 바쳐서 황 도지원을 근처에게 철저히 지켜라."

아리는 그렇게 황후의 특명을 받고 도지원의 양딸이 되었다.

"철저한 수련을 거친 인간병기. 황후에게 너 같은 귀여운 병기가 있다는 것은 무척 놀라운 것이었다. 한편으로 고맙기도 하고 한편으로 무섭기도 했다."

"호호……."

아리는 그냥 웃었다.

"그러나 난 황후를 이해했다. 문아령의 음모에 의해 죽을 고비를 수없이 넘기며 살아온 황후로서는 자신은 물론 그 아이와 나까지 지켜주고 싶었을 것이야. 문아령은 모른다. 내가 아무도 모르게 황후에게 금고 열쇠를 하나 주었다는 것을……. 어느 날 그 금고가 거의 비어간다는 것을 알았고, 황후가 비밀리에 인간병기를 기르고 있다는 것을 알았다. 그 돈으로 말이다. 해서 난 다시 그 금고를 채워줬다. 황후를 믿기에……."

"두 분 다 대단하세요."

아리가 엄지손가락을 치켜세웠다.

"그래! 황후도 무조건 날 믿는다 했겠지?"

"그래요! 늘 그렇게 말씀하셨어요."

"불쌍한 사람. 온몸에 화상을 입고 몰골이 말이 아니면서도…… 날 믿는다고?"

황 도지원의 눈엔 눈물이 주르륵 흘렀다.

"그래! 너 같은 인간병기가 몇 명이나 황후 곁에 있지?"

도지원은 그렇게 묻고는 씁쓸한 미소를 지었다.

자신의 실수를 느낀 것이다.

인간병기라 하는 귀여운 소녀 아리 역시 살짝 미소만 지었다.

"아! 미안. 내가 실수를 했군. 목숨을 앗아 간다 해도 입을 열 네가 아닌데…… 바보처럼. 허허……."

"이해를 해주시니 감사합니다."

"허허……. 내가 길러내도 이렇게 기르진 못했을 텐데……. 정말 대단해. 대단해, 황후는. 허허……."

황 도지원이 아리를 찬찬히 뜯어보며 스스로 감탄하고 있었다.

"한 가지만 말씀드리지요. 저를 가르치고 길러주신 분은 황후님이 아니십니다."

아리가 말했다.

"뭐라고? 그…… 그럼 누가?"

황 도지원은 무척 놀라고 있었다.

"모두 오빠가 가르치고 길렀습니다. 즉, 저희는 황후님 소속이 아니란 이야깁니다."

"뭐? 그 아이가?"

"네! 그렇습니다."

"오! 그 아이라고? 오……! 내 아들…… 역시 대단해. 대단해. 하하하하……."

황 도지원은 기쁨에 눈물까지 흘리며 웃고 있었다.

제 18 장

무향도.

세계 경제를 쥐고 흔드는 작은 섬.

배타적 경제수역이 국제법상 자국 영토에서부터 200해리까지 돼 있지만, 무향도는 서쪽은 불과 50해리 정도만 배타적 경제수역이다.

보이 랜드.

바로 그 문제의 섬 때문이다.

S국 영토에 속하는 돌섬.

남자의 성기를 닮았다 하여 붙여진 이름 보이 랜드.

불과 10평방미터 정도가 밀물 때만 드러나는 돌섬이다.

황 도지원의 짧은 지식으로 말미암아 계약 후 S국에서 억지를 부리는 분쟁지역이기도 했다.

바로 그 문제의 섬 보이 랜드에서 동쪽으로 50해리 지점에 거대한 구축함이 닻을 내리고 정박해 있었다.

구축함의 포신은 모두 무향도를 향해 있었다.

구축함 바로 옆.

보글보글…….

거품이 일며 큰 잠수함 하나가 물 위로 고개를 내밀었다.

모두 S국이 자랑하는 최신 구축함과 잠수함이다.

잠수함 위쪽 문이 열리고 사람 둘이 나왔다.

모두 검은 복장을 한 사람들이다.

얼굴에도 복면을 착용하고 손가락 하나 보이지 않게 모두 검은 천으로 가려졌다.

두 복면인은 구축함에서 내려진 사다리를 타고 구축함으로 빠르게 올라갔다.

구축함에 오른 두 복면인은 잠시 주위를 살피더니 신속하게 3층에 있는 선장실로 들어갔다.

하얀 얼굴에 길고 큰 코가 유난히 더 하얀 빛을 내는 사람.

굵직한 시가를 입에 물고 의자에 앉아 있었다.

이제 20대 후반으로 보이는 이 남자.

바로 현 S국 대통령의 유일한 혈육인 외아들 브라운 켈이다.

S국 해군 특수부대 대장.

세계에서 가장 무섭다는 S국 해군 특수부대.

최신형 무기는 물론이고 부대원 선발 과정도 10,000 대 1 정도로 추리고 추려서 고른다는 부대원이 되기가 하늘에 별 따기처럼 어렵다는 S국 해군 특수부대. 이름 하여 SDT.

그 부대의 대장은 그냥 된 것이 아니다.

낙하산도 아니다.

브라운 켈이 그만큼 뛰어나기 때문이다.

들리는 이야기로는 아이큐가 180은 된다 하고, 전술의 귀재라고 하기도 했다.

그래서일까……?

거칠 것 없이 당당하게 구축함에 오른 두 복면인이 지금 브라운 켈 앞에서 미세하게 떨고 있었다.

"모두들 그렇게 말하지. 우리 SDT가 세계 최강이라고. 아마 그렇게 말하는 자들은 모를 것이다. 우리 SDT 안에 그대들이 있음을……. 그래서 난 그대들이 자랑스럽다. 헌데? 그런 그대들이 정찰 임무를 수행하다가 어이없게도 세 명이나 죽었다. 너무도 황당하다고 생각하지 않느냐?"

브라운 켈이 다소 흥분된 억양으로 물었다.

"죄송합니다! 앞으로 주의하겠습니다."

두 복면인은 고개를 푹 숙이며 기어들어가는 목소리로 대답했다.

"더 어이없는 것은 처음엔 뭐? 잠수함이 바위에 부딪혀 구멍이 났다고? 빙신새끼들……."

브라운 켈이 앉았던 의자에서 벌떡 일어나며 유리로 된 재떨이를 집어 던졌다.

재떨이는 왼쪽 복면인 머리를 그대로 강타했다.

재떨이에 맞은 복면인은 고통스러운 듯 온몸을 부르르 떨었지만 비명 한마디 지르지 않았다. 자세도 흐트러지지 않았다.

복면을 한 검은 천 위로 붉은 핏물이 젖어들며 한 방울씩 바닥에 떨어졌다.

"부관이란 자가 그 정도를 파악하지 못하고 그냥 보고를 올리다니. 어린애 장난 같은 자석폭탄에 당한 것을 정녕 아직도 모르겠단 말이냐?"

브라운 켈이 버럭 소리를 지르며 분을 참지 못하는 표정이다.

"죄송합니다! 다시 자세히 살펴본 결과 대장님 말씀이 맞았다는 것을 알았습니다. 누군가 부착한 소형 끈끈이 폭발물이 잠수함에 구멍을 낸 것으로 밝혀졌습니다."

재떨이에 맞지 않은 오른쪽 복면인이 얼른 말했다.

"그래?"

브라운 켈이 의미심장하게 물었다. 마치 비꼬는 말투로.

"네! 그렇습니다!"

오른쪽 복면인은 부동자세를 취하며 당당하게 대답했다.

그러나 그에게 날아온 것은 쓰다 남은 복사기 잉크통이었다.

복사기 잉크통은 정확하게 복면인 코 부분을 강타했다.

복면인 입 언저리로 핏물이 젖어들며 턱을 타고 한 방울씩 바닥에 떨어졌다.

"뭐? 네 그렇습니다!? 이 새끼야. 그럼 그게 누구인지도 알아냈어야지? 그래? 알아냈는가? 알아냈어?"

브라운 켈이 쇠로 된 지휘봉을 들고 다가왔다.

"아직……. 곧 알아내겠습니다!"

두 복면인은 매는 맞을 수 없다는 듯 얼른 합창하듯 같이 동시에 말했다.

"그래! 그래야지. 우리 SDT 중에서도 가장 뛰어나다는 너희 부대원을 죽인 자들이다. 반드시 찾아내어 죽여라! 기간은 사흘 주겠다. 만약 사흘 안에 찾아내지 못하면 그 책임을 너희 둘에게 묻겠다."

브라운 켈이 더 이상 마주 보기도 싫다는 듯 고개를 획 돌리며 나가라는 손짓을 했다.

두 복면인은 경례를 하고 뒷걸음질로 물러갔다.

두 복면인이 물러간 반대쪽 문이 열리며 한 사람이 들어왔다.

키가 크고 늘씬한 팔등신 미녀.

노란 황금빛 머리카락이 허리까지 내려와 있다.

미녀는 얼룩무늬 군복을 입고 있었는데, 놀랍게도 그녀의 어깨와 모자엔 큰 별이 하나 붙어 있었다.

"사람을 그렇게 개 패듯 패면 나중에 그 원망이 돌아올 텐데?"

놀랍게도 그 미녀는 브라운 켈에게 반말을 했다.

친구 사이일까?

브라운 켈 계급은 국제적으로 잘 알려진 별이 세 개다.

별 하나짜리가 세 개짜리한테 경례도 없이 반말이라니.

나이도 어려 보이는데…….

"하하…… 나의 친위대가 모두들 SDT로 알고 있지. 그것이 무향도 도지원에게 치명타가 될 것이다. 또한 그 친위대 대장이 내가 아니라 그대란 것도. 하하……."

브라운 켈이 통쾌하게 웃는다.

"이런! 낮 말은 새가 듣고 밤 말은 쥐가 듣는다는 속담도 모르나? 항상 그놈의 입이 방정이라니까."

미녀가 혀를 찼다.

"뭐야? 무향도에 들어가 지내더니 속담까지 배운 거야?"

브라운 켈은 기막히다는 표정이다.

"그래, 넌 언제 무향도에 들어갈 건데?"

미녀가 브라운 켈 앞의 의자에 털썩 앉으며 묻는다.

"저 멍청한 놈들이 잠수함에 폭탄을 붙인 자들이 누구인지 알아내면 그때 움직이려고. 그들이 누구인지 알지 못하면 움직이기가 어렵지 않을까?"

"역시 빈틈이 없군! 그래 네 말이 맞아! 내가 알아본 바로는 도지원의 세력도 아니고 문아령의 세력도 아니야. 제3의 세력이 움직이고 있어."

"제3의 세력? 그게 누구인지 혹시 알아냈어?"

브라운 켈이 기대가 가득한 표정으로 물었다.

미녀는 고개를 살랑살랑 내젓는다.

브라운 켈은 실망스런 얼굴이 되었다.

"한 가지는 거의 확실한데……."

미녀가 뒷말을 흐린다.

"그게 뭔데?"

브라운 켈이 다시 기대를 가득 담은 눈으로 미녀를 바라보았다.

"20여 년 전에 사라진 그 둘째 황후……"

"뭐? 그게 무슨 말이야?"

"아직 살아 있는 것 같아. 제3의 세력도 그 둘째 황후의 세력 같고."

"에이…… 설마?"

브라운 켈은 믿을 수 없다는 투다.

"도지원의 돈이 20여 년 전에 어느 금고를 통해 우리 S국 돈으로 무려 3천억이 사라졌고 5년 전에도 같은 금고를 통해 다시 4천억이 사라졌어."

"금고라 함은? 은행 비밀 금고 말이야?"

"그래! 거의 확실해. 그 돈이 둘째 황후의 비밀 세력을 키우는 자금으로 사용된 게."

"오! 네가 조사를 한 것이라면 맞겠지. 정말 기막힌 정보다. 그래? 현재 그들 위치는?"

"그건 아직……"

미녀의 말에 브라운 켈은 실망스런 표정으로 돌아왔다.

"실망하긴."

미녀는 브라운 켈의 표정을 살피며 빙긋 웃었다.

브라운 켈은 순간 다시 기개가 가득한 눈으로 미녀를 바라보았다.

H001.

이름도 없다.

미녀.

그녀를 부르는 것은 암호뿐이다.

바로 브라운 켈의 친위대를 이끄는 수장.

미녀 H001. 그녀는 새하얀 이빨이 보이도록 함빡 웃었다.

"그들에게 첩자를 하나 붙여 놓았으니 곧 좋은 소식이 올 것이다."

"오……! 정말? 역시 H001 넌 영원한 내 호적수야. 난 네가 내 적이 아니란 사실에 늘 신께 감사드리고 있어."

정말 그랬다.

무서운 것이 없는 다재다능한 천재 브라운 켈이 유일하게 두려워하는 상대가 바로 H001 그녀다.

멀리 인도에서 온 소녀.

방년 19세.

나이답지 않게 성숙해 보이는 H001.

그녀는 늘 브라운 켈보다 한 발짝 앞에 있었다.

"그럼……. 난 이만 돌아가야 해."

H001 그녀가 방긋 미소를 남기고 브라운 켈의 대답도 듣지 않고 들

어온 문으로 조용히 사라졌다.

　브라운 켈은 뭔가 아쉬운 듯 그녀가 나간 문을 조용히 지켜보고 있었다.

　진진은 혜진을 대동하고 다시 음도를 찾았다.
　진진의 집이 이사를 가고 동네 사람들도 모두 음도를 떠났다.
　오갈 곳 없는 뜨내기 몇이 음도에 들어와 빈집을 지키고 있었다.
　거지차림을 한 남자들 셋이었다.
　모두 나이가 20대로 보이는 젊은 남자들이다.
　진진이 나타나자 그들은 진진에게 다가왔다.

　"대장을 뵈옵니다!"
　거지차림의 세 남자는 진진 앞에 무릎을 꿇고 부복했다.
　"왜 너희들뿐이냐?"
　진진이 주위를 둘러보며 물었다.
　"회경인 아직 안……."
　세 남자는 말을 하다 말고 한쪽을 바라보며 입을 다물었다.

　뉘엿뉘엿 넘어가는 석양을 등지고 누군가 걸어오고 있었다.
　여인이다.
　긴 머리카락이 바람에 흩날리고 있었다.

가까이 다가오자 그 여인의 모습이 드러났다.

헌데…….

그녀는 바로 브라운 켈의 친위대장 H001 그녀가 아닌가.

늘씬한 팔등신 몸매를 자랑하는 그녀.

H001이란 암호명을 가진 그녀.

그녀는 진진이 앞에 털썩 무릎을 꿇고 부복했다.

"늦어서 죄송해요, 대장."

"그래! 브라운 켈에게 먹이 좀 던져주고 왔어?"

진진이 미소를 띠며 물었다.

"살짝 맛만 보여줬죠."

"그래 잘했다. 녀석이 조심성이 많아서 아직 무향도로 들어올 기미가
안 보이지?"

"네! 잠수함 사고 조사를 더 철저히 해서 누구 소행인지 밝혀져야 무
향도로 침입하려고 하기에 황후님 소식을 슬쩍 던져줬죠."

"잘했다. 서두르진 마라! 벌써 5년을 기다려 온 일이 아니더냐."

진진이 그녀 어깨를 두 손으로 잡아 일어나게 하며 말했다.

"너희들의 임무가 가장 힘든 때 불러서 미안하다."

진진은 엎드려 있는 세 남자들도 차례차례 두 손으로 어깨를 잡아 일

어나도록 했다.

"이제 너희들 고생길도 끝날 때가 다 되었다. 누구를 못 믿어서가 아니다. 내가 하려는 것을 성공시키기 위해서는 누구에게도 의지하지 않는다는 것이 내 방식이다. 해서 너희를 이미 5년 전에 아빠 곁으로, 엄마 곁으로, 문아령 곁으로 그리고 희경 너는 적국의 최강 조직에 심어놓았다. 물론 희경이 네가 대장까지 할 줄은 몰랐다."

"다 대장이 잘 가르쳐줘서 그런 거예요."

H001 미녀의 이름이 희경인 모양이다.

희경 그녀는 상큼하게 미소를 지으며 진진을 바라보았다.

그런데.

그녀의 눈은 그냥 존경하는 대장을 바라보는 눈이 아니었다.

사랑에 푹 빠진 그런 눈이다.

설마 그녀가 같은 여자인 진진을 사랑하는 것일까?

제 *19* 장

흰 바탕에 녹색 줄무늬 벽에 그림이 한 장 걸려 있었다.

큰 액자에 그림은 달랑 난초 하나가 전부였다.

나뭇가지에 매달려 자생하는 난초. 풍란이다.

그 액자 아래로 호피로 된 1인용 소파가 하나 놓여 있고, 그 소파에 황 도지원이 앉아 있다.

도지원의 눈은 축축이 젖은 상태로 앞을 바라보고 있다.

지금 도지원은 울고 있다.

도지원의 바로 앞.

푹신한 하얀 밍크 소파가 하나 놓여 있고, 그 소파에 복면을 한 여인이 앉아 있었다.

비록 복면을 했다지만 몸매와 눈동자가 여인임을 말해주고 있었다.

"풍란! 그대가 보고 싶어서 만든 공간이오. 자나 깨나 난 그대가 늘 보고 싶었소."

도지원의 눈가에 눈물이 흐르고 있었다.

"아직도 절……. 그래요! 저도 당신이 절 못 알아볼까 봐 이 흉측한
얼굴을 수술도 못하고 살아왔어요."
여인은 서서히 복면을 벗기 시작했다.
온통 화상으로 흉측하게 변한 얼굴.
진진이 어머니다.

진진이 어머니의 화상으로 일그러진 눈에서도 눈물이 주르륵 흘렀다.

그런 진진이 어머니를 바라보는 도지원의 눈에서도 눈물이 줄줄 흘
렀다.

"지금이라도 성형수술을 합시다."
서로 마주보고 눈물만 흘리다가 한참 만에 도지원이 먼저 입을 열
었다.

"보기 흉하죠?"
"아! 아니요! 내겐 그 누구보다도 아름답소."
"고마워요! 당신의 그 사랑이 변하지 않아줘서……."
"나도 고맙소. 당신이 이렇게 내게 돌아와 줘서. 내 자식을 잘 길러줘
서. 이렇게 살아 있어 줘서."

도지원은 흐르는 눈물을 손으로 훔치며 두 손으로 진진이 어머니 손
을 살며시 잡았다

"제가 당신을 만나러 온 것은……."
　진진이 어머니는 차마 말을 잇지 못하고 울컥 참았던 눈물을 흘렸다.

"아니오! 더 이상 말하지 마시오! 내 비록 이렇게 궁에 처박혀 있어도
대충은 알고 있소. 이제 당신은 황후 자리로 돌아오시오. 당신이 있을
자리로. 그리고 수술도 합시다. 당신이 잡으려는 브라운 켈은 나에게 맡
기시오. 아무렴 이 도지원이 그런 피라미 하나 잡지 못하겠소? 날 믿으
시오."
　"다 아신다고 하시니 말씀드리기가 편하겠군요. 그래요. 전 브라운
켈을 잡으려고 해요. 허나 그가 순순히 우리 영내로 침입할까요? 얼마
나 여우같은 녀석인데? 미끼를 던져줘야 그가 움직일 것 아니에요?"
　"미끼라니요? 설마?"
　"그래요! 제가 그 미끼가 되려고요."
　"아니! 그 무슨 말씀이오? 미끼가 되다니? 절대 그럴 수는 없소. 당신
은 이제부터 물러나 있으시오. 다 내가 알아서 처리하겠소."
　도지원이 소파에서 일어나 진진이 어머니 앞으로 와서 바닥에 무릎
을 대고 진진이 어머니의 두 손을 자신의 두 손으로 꼭 잡으며 말했다.

　진진이 어머니는 더욱 슬픈 표정으로 도지원을 한동안 바라보더니 결

심을 한 듯 들고 온 핸드백에서 서류를 꺼내 도지원에게 내밀었다.

"……!?"

도지원은 선뜻 받지 않고 무엇이냐는 표정을 지었다.

진진이 어머니는 어서 보라는 눈짓을 보냈다.

도지원은 마지못해 서류를 받아 읽어보기 시작했다.

서류를 보던 도지원은 경악했고. 두 손까지 부들부들 떨며 두 눈에선 눈물이 하염없이 흘러내렸다.

"이…… 이게?"

"그래요! 전 이미 온몸에 암이 퍼져 살아야 겨우 한두 달 정도예요. 죄송해요! 이런 몸으로 나타나 당신 눈에 눈물을 보이게 해서……."

진진이 어머니 두 눈에서 눈물이 주르륵 흘렀다.

"나와 같이 병원에 갑시다! 내 무슨 수를 써서라도 당신을 반드시 살리겠소. 응?"

두 손으로 잡은 진진이 어머니 손을 앞으로 잡아당기며 진진이 어머니를 안고 도지원은 주체하지 못하고 울기 시작했다.

"울지 마세요! 이것도 다 하늘의 뜻. 마지막으로 당신의 얼굴이나 보려고 온 거예요. 절 말릴 생각도 마세요. 우리 진진이 그 아이를 위해 제가 반드시 미끼가 돼야 해요. 당신이 나설 필요도 없어요. 진진이가 다 알아서 할 테니까. 또한 어쩌면 브라운 켈 역시 저를 사로잡으려고 할지도 몰라요. 그러니 너무 염려하지 마세요. 다행히 살아난다면 그땐…… 그땐…… 당신이 하라는 대로 수술도 받고…….”

진진이 어머니도 끝내 말을 잇지 못하고 울기 시작했다.

“아니오. 그러지 마시오. 어떻게 만났는데 다시 헤어지란 말이오? 난 그럴 수는 없소. 당신을 이젠 절대 그냥 보내지 않을 것이오. 오늘 이곳을 떠나지 못하게 철저히 막을 생각이오.”

“아니, 그러지 마세요. 약속할게요. 절대 죽지 않고 다시 살아 돌아와 당신이 하자는 대로 할게요. 그러니 제발 그만 우세요.”

“어떻게? 어떻게 그럴 수가 있소? 난 그럴 수 없소.”

“20년을 남자로 살지도 못하고 여장을 한 채 살아야 했던 진진이 그 아이를 생각해보세요. 당신과 내 대에서 그 잘못된 계약을 바로잡아야 할 것 아니에요. 이제 그 아이 세상은 그 아이가 잘 만들어 갈 수 있게. 제가 발판을 만들어주고 싶어요. 그러니 당신이 좀 도와주세요. 네?”

진진이 어머니 입에서 진진이 이야기가 나왔다.

헌데.

진진이는 여자가 아니라 남자였단 말인가.

그랬다.

S국 살수들의 이목을 피하기 위해 철저히 여자처럼 살아야 했던 것이다.

잘못된 계약서.

그 계약서에 이런 내용도 포함됐으니까…….

"만약 남자 후계자가 없어 부득이 여자가 후계자가 될 경우 우선순위로 S국 남자와 혼인을 한다."

엉터리 같은 이 조항이 포함된 사실을 나중에야 알게 된 도지원과 진진이 어머니.

그래서 진진이는 태어날 때부터 철저히 여장을 하고 살아야 했다.

다행이라고 해야 할까.

그런 이유로 S국에선 남자만 철저히 암살하고 있었다.

"내가 도와줄 건 없소?"

결국 도지원은 진진이 어머니의 뜻을 받아들였다.

"끝까지…… 끝까지 무향도 비밀 세력을 드러내지 마세요. 설사 제가 죽는다 해도."

"죽다니요? 반드시 살아나시오. 당신이 죽으면 나도 따라갈 것이오. 그러니 꼭 살아나시오."

"그래요. 반드시 살아 다시 당신 곁으로 올게요."

진진이 어머니와 도지원은 서로 부둥켜안고 펑펑 울었다.

그날 저녁.

도지원은 낮에 진진이 어머니를 만났던 장소에서 두 청년을 만나고 있었다.

"너희들 두 팀은 목숨을 바쳐 황후를 지켜라! 절대 겉으로 모습을 드러내지 말고 비밀리에 황후를 근접 경호하라!"

도지원은 그렇게 진진이 어머니 뜻을 무시한 채 자신의 비밀 세력을 움직였다.

"타이거 팀. 명을 받습니다!"

"스모그 팀. 명을 받습니다!"

두 청년은 바닥에 무릎을 꿇고 우렁차게 말했다.

"틀렸어! 틀렸어!"

갑자기 들려오는 목소리에 도지원과 두 청년은 깜짝 놀라 목소리가 들려온 방향으로 고개를 돌렸다.

아리다.

생글생글 웃으며 들어오는 아리.

"네가 어떻게?"

도지원이 놀라 소리쳤다.

"그렇게 냄새를 풍기고 다니다간 황후님을 호위하는 것은 고사하고 살아남기도 힘들겠어!"

아리가 두 청년들 몸에 코를 대고 킁킁거리며 말했다.

"냄새라니?"

도지원이 어이없는 표정으로 묻는다.

"넌! 세수 비누로 목욕을 했나? 싸구려 비누 냄새가 1미터 앞까지 풍기고. 넌! 더해! 머리를 감을 때 샴푸를 쓰니까 샴푸 냄새가 5미터까지 풍기잖아. 헤헤…… 농담이고. 인간병기 냄새가 너무 강해……. 눈에 강한 빛을 감추고. 몸에 근육을 감추고……. 쯧쯧……."

아리는 두 청년의 몸 주위를 돌며 계속 지적했다.

도지원과 두 청년의 얼굴은 일그러졌다.

"어떻게 하면 되겠느냐?"

한참 만에 도지원이 아리에게 물었다.

"제가 교육 좀 시켜야겠네요. 한 사흘만 제게 맡겨주세요. 그래야 황후님을 안전하게 지킬 수 있을 것 같아요."

아리가 도지원을 바라보며 표정으로 확답을 기다리는 눈치다.

"그래! 좋다! 지금부터 사흘간 타이거 팀과 스모그 팀은 아리의 특별 교육을 받는다. 알겠는가?"

도지원이 결정을 내렸다.

"명을 받습니다!"

두 청년은 동시에 대답했다.

"따라와요!"

아리가 두 청년을 데리고 나갔다.

"휴…… 무섭다! 등줄기에 식은땀이 흘렀다. 과연 저 아이를 진진이가 키웠단 말인가. 너무도 완벽해. 조금의 빈틈도 없어……."

도지원은 혼자 남아 머리를 흔들며 중얼거렸다.

제 20 장

"안녕하세요? 모닝커피 드시고 오늘 하루도 파이팅!"

월드금융의 아침은 여전히 진진이 커피 배달을 하면서 시작됐다.

"굿모닝이에요! 굿모닝!"

진진은 층마다 커피를 배달하며 아침인사를 하는 것을 잊지 않았다.

살이 뒤룩뒤룩 찐 황 과장의 입이 벌어졌다.

"역시 커피가 없으면 하루 시작이 재미없어!"

"안녕하세요? 즐거운 하루 되세요."

진진이 커피를 황 과장 책상에 놓고 바람처럼 스쳐 지나갔다.

"세상에서 젤 바쁜 녀석이 저 녀석일 거야."

황 과장은 이미 저만치 뛰어가는 진진의 뒤를 바라보며 빙긋 미소를 지었다.

"월드금융 황 과장이 S국 자객두목입니다. 브라운 켈의 오른팔이기도 하죠."

H001 암호명을 가진 진희경. 브라운 켈의 친위대 대장. 그녀가 진진에

게 말해준 내용이다.

진진은 황 과장 곁을 스쳐 지나가며 고개를 갸웃거렸다.

"이상하다! 절대 자객 훈련을 받은 냄새가 없다. 그냥 관리자거나 아니면 상상도 할 수 없는 고수거나 둘 중 하나다. 돼지 같은 몸체로 고수라고 보기엔 좀 그렇다. 그래도 희경인 무서운 자라 했지 않은가. 그렇다면 고수란 이야기다."

진진은 이해할 수 없다는 표정을 지으며 고개를 갸웃거렸던 것이다.

"허! 이젠 친구들도 하나도 없군! 모두 궁에 들어갔으니……. 빨리 배달을 마치고 나도 볼일을 봐야겠다."

진진은 부지런히 배달을 하기 시작했다.

안개가 자욱한 바다.

거대한 구축함이 천천히 이동하고 있었다.

구축함엔 브라운 켈이 타고 있었다.

브라운 켈은 뱃머리에 서서 뭔가 골똘히 생각하고 있었다.

브라운 켈 옆엔 H001 바로 진희경이 서 있었다.

"좀 서두르는 느낌이다."

진희경이 걱정스러운 표정을 지으며 말했다.

"서두른다? 그래 아마도 그렇게 보일 것이다. 허나, 이렇게 안개가 끼는 날이 일 년에 며칠이나 있을 것 같나? 이곳 바다에?"

브라운 켈이 멀리 바다를 행해 시선을 고정한 채 물었다.

"흠! 아마도 10여 일은 되지 않을까?"

"그래, 10여 일이지. 특히 겨울철에 집중되어 여름철에 안개를 만나기란 더욱 어렵지. 아마도 일 년에 한두 번?"

"그래! 그건 안다만. 지금 무향도에서도 촉각을 곤두세우고 있는 시기라 좀 기다리는 게 어떨까?"

"기다려라? 너무 소심해졌군? 그 황후로 판단되는 여인이 근처 바다에 있다고 보고한 건 그대가 아니던가??

"그렇긴 하다만……."

"그녀를 사로잡아야겠어. 왜인줄 아는가?"

"모르지! 단지 혹시나 그녀의 소생이 있을지 모른다는 판단에 그걸 알아내기 위함이 아닌가 하고 생각한다만?"

"그래! 그것도 있지. 허나 한 가지 그대가 모르는 것이 있다. 도지원의 두 번째 부인 그녀는 나의 누님이다."

"뭐? 뭐라고?"

좀처럼 놀라거나 당황하지 않던 진희경은 자신도 모르게 놀라 소리쳐 되묻고 말았다.

"왜? 그렇게 놀라는가? 그대도 그녀와 무슨 관련이 있는가?"

브라운 켈의 날카로운 질문에 진희경은 등에 식은땀이 흘렀다.

"관련이라? 있지. 나도 그녀를 반드시 잡아 훗날 도지원과 홍정할 때

인질로 쓰려고도 생각했지. 너무 추잡하고 비열해 보여서 포기했지만 말이야."

"인질이라! 비열하다고? 난 그 비열한 짓을 해야겠다. 내 누님을 잡아서 그녀의 소생이 있는지. 과학적으로 조사를 좀 해야겠어. 그때 문아령에게 죽을 고비를 넘기고 탈출했을 때 과연 출산을 했는지. 출산을 했으면 남아였는지 여아였는지, 하나인지 쌍둥인지 그럴 알아내려는 거야."

"그렇게까지? 너무 심하다고 생각되는군! 누님이라면서?"

"그래 누님이지. 엄마는 같은데 아버지가 다른."

"그런 사연이 있는 줄 몰랐군!"

"하하…… 네가 모르는 것도 다 있고. 재미있군!"

"조심해! 지금 막 무향도 바다에 들어왔어!"

"음!……."

"사령관님!"

군인 하나가 달려오며 브라운 켈을 불렀다.

"……!?"

브라운 켈이 고개를 돌리며 달려오는 군인을 바라보았다.

"전방 약 2해리 부근에 목표물이 나타났습니다!"

"지금부터 전속력으로 달린다. 빠른 시간에 목표물에 접근 임무를 완수하고 공해상으로 나간다."

"알겠습니다!"

군인은 다시 안개 속으로 달려갔다.

진희경은 안개가 자욱한 하늘을 바라보았다.

어느새 하늘은 컴컴해지고.

진희경의 눈에 반짝 이채가 빛난 것은 바로 그때다.

멀리 하늘에 희미하게 모이는 물체.

아주 자세히 보지 않으면 발견하기도 어려운 물체. 바로 연이다.

브라운 켈, 넌 혹시 아는가?

연이란 것이 있다는 것을?

레이더에도 포착이 안 되는 연.

바다 속만 신경을 쓰는 사이에 브라운 켈 그대는 패배를 맛볼 것이다.

진희경이 희미한 미소를 지었다.

철컥…….

암호명 H001 진희경이 품속에서 권총을 꺼내 들었다.

"……!?"

이상함을 느낀 브라운 켈이 고개를 돌렸다.

"이제 내 정체를 밝힐 때가 된 것 같군!"

진희경이 권총을 브라운 켈의 머리에 들이대며 말했다.

"헉!"

권총을 들고 브라운 켈의 머리에 들이대던 진희경은 뭔가 잘못됐다는 느낌을 받았다.

브라운 켈이 웃고 있었기 때문이다.

팽…….

어디선가 실탄이 날아와 진희경의 손에 들고 있던 권총을 떨어뜨려 버렸다.

어느새 브라운 켈의 손에 권총이 들려 있고 진희경을 겨냥하고 있었다.

"하하…… 네가 바로 도지원의 첩자였구나? 설마 했는데……. 정말 그랬어!"

브라운 켈이 통쾌하게 웃었다.

이런 실수를…….

그래도 다행이다. 왕자님의 존재를 모르고, 나를 황 도지원의 부하로 안다는 것이 그나마 얼마나 다행인가.

진희경은 쑥스러운 미소를 지었다.

"왜? 내가 모를 줄 알았나? 진작부터 네가 적의 첩자일지도 모른다는 생각을 했지. 설마하면서도 늘 경계하길 잘했다."

브라운 켈이 진희경의 손을 뒤로 돌려 수갑을 채웠다.

"모두 들어라! 목표물은 적의 함정이다! 다시 공해상으로 후퇴한다."

구축함은 곧바로 방향을 돌려 공해상으로 돌아가기 시작했다.

이런! 내가 너무 경솔했다. 조금만 더 기다려야 했는데. 이런 실수를 하다니…….

진희경은 어두운 밤하늘을 힐끗 올려다보았다.

수없이 날아오던 연은 구축함의 속도를 따라오지 못하고 뒤로 멀어져 갔다.

궁궐 깊은 내실.

문아령이 이제 막 욕실에서 걸어 나오고 있었다.

몸에 수건 한 장을 걸치고 늘씬한 다리를 뽐내며 침실로 들어갔다.

"당신!"

침실로 들어가던 문아령이 새파랗게 질려 돌처럼 굳어버리고 말았다.

피가 홍건한 침실.

지금까지 내연의 관계를 가졌던 그 남자가 알몸으로 피를 흘리며 죽어 있고, 장검을 든 황 도지원이 버티고 서 있었던 것이다.

"그대도 이젠 가야 할 때가 되었다. 더 이상 쓸모가 없기 때문이다."

도지원이 칼을 들고 문아령에게 한 걸음씩 다가왔다.

"무슨 말이에요? 쓸모가 없다니?"

문아령이 뒷걸음을 치며 토끼눈을 뜨고 물었다.

홀렁 몸을 가린 수건이 떨어지는 줄도 모르고…….

"너를 이용해서 S국 자객들과 브라운 켈을 유인했다. 이젠 그들을 다 잡을 것이니 넌 필요 없다."

"뭐라고요? 그럼 처음부터 다 알면서?"

"그래! 모를 줄 알았더냐? 내가 누구냐? 황 도지원이다. 수많은 과학자들도 발명가들도 실패한 자석으로 무공해 영구적인 동력을 발명한 것이 그냥 우연이라 여기느냐? 그것이 S국 자객들이나, 브라운 켈이나 너 문아령이나 최대의 실수가 될 것이다. 모두가 못한 일을 하는 자. 모두가 실패한 것을 성공하는 자. 나 도지원을 너무 바보로 알았다는 것이……."

침실에 피가 확 뿌려졌다.

비명도 없었다.

문아령은 그렇게 죽었다.

스르르…….

안개가 움직이고 있다.

"……!?"

브라운 켈이 뭔가 이상함을 느끼고 주위를 둘러봤다.

탁…….

브라운 켈은 진희경을 밀쳐 바닥에 쓰러지게 하고 급히 구축함 조종실로 달려갔다.

"사령관님!"

별 하나짜리 장교가 경례를 하고 조종실엔 무슨 일이냐는 표정을 지었다.

"비켜!"

브라운 켈은 장교를 밀치고 조종실 문을 열었다.

"지금 어디로 가는 것이냐? 공해상으로 가란 명을 듣지 못했느냐?"

브라운 켈이 조종실로 뛰어들며 소리를 질렀다.

"……!?"

그러나 브라운 켈은 놀란 눈으로 앞을 바라보고 서 있었다.

"환영한다! 브라운 켈! 그대를 무향도를 침범한 적으로 체포한다!"

기다렸다는 듯 안개 같은 복장을 한 청년들이 레이저 총을 들고 브라운 켈을 포위했다.

"그대들은?"

브라운 켈은 권총을 내려놓고 침착하게 물었다.

"그렇게 찾으려 하지 않았나?"

대장인 듯 보이는 청년이 되물었다.

"그럼! 그대들이 황 도지원의 비밀 세력?"

"하하하…… 그렇다! 우린 그중 하나인 스모그 팀이다."

"스모그 팀? 어울리는군! 허나 그대들로만 나의 친위대를 물리칠 수 없을 텐데? 이 구축함은 친위대 잠수정이 호위를 하거든."

브라운 켈이 가소롭다는 반응이다.

"잊었나보군! 이미 무향도 경제수역을 3해리나 들어왔다. 넌 침략자고 우린 그런 널 체포하는 것이다. 또한 모든 군사력이 총동원될 수 있다는 것도 알아야지. 안 그래? 설마 자기들 총사령관이 잡혀 있는데 공격을 제대로 하겠어?"

"허허…… 증거가 있나? 내가 무향도를 침범했다는 증거가? 너희를 죽이고 다시 공해로 나가면 그만이지. 안 그래?"

브라운 켈이 빙긋 미소를 지었다.

"뭘 믿고 큰 소리……."

말을 하다 말고 청년들이 믿을 수 없다는 표정을 지었다.

바닥이 푹 꺼지며 브라운 켈이 사라진 것이다.

"비밀 세력 스모그라……! 잘 가게 친구들! 황의 비밀 세력을 잡기 위한 작전이었네."

브라운 켈의 목소리가 희미하게 들렸다.

철컥철컥…….

총을 들고 새카맣게 몰려오는 군인들…….

스모그 팀이란 청년들은 실패했음을 느꼈다.

구축함은 다시 방향을 바꿔 공해상으로 초고속으로 달리고 있었다.

제 21 장

꽝…….

엄청난 충격이 전해지면서 구축함이 심하게 흔들렸다.

"무슨 일이냐?"

브라운 켈이 충격으로 나뒹굴던 몸을 겨우 일으키며 근처에 있던 군
인들에게 물었다.

"얼른 알아보겠습니다!"

장교 하나가 급히 안개 속으로 달려갔다.

스르르…….

스모그 팀들도 그 기회를 놓치지 않고 포위망을 벗어나려고 움직였다.

"큰일 났습니다! 구축함과 아군 잠수함이 충돌했습니다."

군인 장교 하나가 급히 달려와 브라운 켈에게 보고했다.

"뭐라고? 그걸 말이라고 하느냐? 어떻게 아군 잠수함과 구축함이 부
딪쳐?"

브라운 켈은 일어날 수 없는 사건 보고에 어이가 없다는 표정으로 화를 냈다.

"구축함을 호위하던 아군 잠수함들이 모두 적의 공격으로 파괴되었습니다! 그 충격으로 구축함 쪽으로 밀려와 충돌한 것 같습니다."

"무슨 말이냐? 아군 잠수함이 한두 척이냐? 모두 36척이다. 그 많은 잠수함이 모조리 파괴 되었다고?"

"그렇습니다! 일순간 동시에 모두 공격을 받았습니다."

"뭐? 그렇다면? 드디어 도지원의 비밀 군대가 모두 움직였단 말인가. 드디어……!"

브라운 켈이 묘한 미소를 지었다.

뭔가 미리 대비를 한 모양이다.

허나 바로 그때.

브라운 켈의 미소를 짓던 얼굴을 우거지상으로 만든 목소리가 들려왔다.

"멍청한 켈아! 무향도 군대가 그리 쉽게 움직이겠나? 기대를 해도 너무 많이 했어! 피라미를 잡는 데는 나 혼자면 충분하거든? 호호……."

소녀의 목소리다.

"누구냐?"

브라운 켈이 목소리가 들려오는 방향으로 고개를 돌리며 물었다.

자욱한 안개 속으로 소녀 하나가 사뿐사뿐 걸어왔다.

나비인가.

소녀 주위로 나풀나풀 안개 속을 움직이는 사람들이 있었으니…….

"왔어?"

진희경이 나타난 소녀를 보고 반가워했다.

"바보! 브라운 켈의 친위대장까지 한 네가 이런 실수를 하다니……."

혜진이다.

"넌 누구냐?"

브라운 켈이 혜진과 혜진의 주위에 나타난 청년들을 보며 물었다.

"알 것 없고. 브라운 켈! S국 대통령의 아들이자 정보국 총 책임자 겸 해군 특수부대 사령관 그대를 무향도를 침략한 혐의로 체포한다. 이의 있는가?"

"하하하…… 이거 걸려들라는 고기는 안 걸리고 의외로 수확을 얻었군!"

브라운 켈이 통쾌하게 웃었다.

"거드름 피우지 마라! 네가 믿는 너의 진짜 비밀친위대들은 모조리 생포됐다."

다시 들려오는 소녀의 목소리.

"뭐야! 무슨 소녀들 집합 장소인가?"

브라운 켈이 목소리가 들리는 곳으로 고개를 홱 돌렸다.

"너도 왔구나?"

진희경이 나타난 소녀를 보고 반가워한다.

아리.

바로 황 도지원의 양녀였다.

"너…… 넌! 도지원의 딸, 공주?"

브라운 켈이 어찌 아리를 알고 있는가.

"헹! 이놈의 인기는…… 적국에까지 퍼졌다니까."

아리가 하얗게 웃었다.

"헌데……! 너희들이 어찌? 내 비밀친위대를?"

브라운 켈이 놀랍다는 표정으로 물었다.

"이 녀석이 다 불더군!"

안개 속에서 진진이 나타났다.

진진의 손엔 뒤룩뒤룩 살찐 황 과장이 손을 뒤로 묶인 채로 끌려왔다.

"황 대장! 어찌?"

브라운 켈은 믿을 수 없다는 표정을 지었다.

"이 녀석은 끝까지 버텼지만 최면술을 이용해 모두 알게 되었다. 해서 미리 무향도에 잠입해 양면 공격을 하려던 너의 비밀친위대를 모두 잡을 수 있었다."

진진이 말했다.

"넌! 누구냐?"

브라운 켈은 진진의 정체가 궁금했다.

퍽…….

브라운 켈의 뒷다리를 혜진이 걷어찼다.

브라운 켈은 어쩔 수 없이 무릎을 꿇고 말았다.

"알 것 없다!"

혜진이 브라운 켈의 손을 뒤로 돌려 수갑을 채웠다.

"모두 철수한다! 나머지는 무향도 군인들에게 맡기고 우린 브라운 켈과 황 대장만 데리고 간다."

진진이 말했다.

"알았어요!"

아리와 혜진, 희경이 동시에 대답했다.

브라운 켈은 두 눈이 진진에게 고정된 채 뭔가 알아내려는 듯 애쓰고 있었다.

스르륵……

안개가 자욱하게 움직이며 진진 일행을 감췄다.

터벅터벅……

50대 남자 하나가 구축함 위에 나타났다.

남자는 진진 일행이 사라진 곳을 향해 공손히 고개를 숙였다.

"왕자님! 반갑습니다. 훌륭하게 자라신 것을 뵈니 이제 죽어도 여한이 없을 것 같습니다."

남자는 눈에 눈물을 흘리고 있었다.

투둑…….

남자 주위로 청년들이 하나 둘씩 나타났다.

마치 하늘에서 떨어지듯 안개 속에서 30여 명이 나타났다.

"이제부터 우린 구축함과 부서진 잠수함을 끌고 무향도로 간다. 나머지 잔당들이 더 있나 철저히 수색하라!"

50대 남자가 조용한 음성으로 명을 내렸다.

"넵!"

30여 명 남짓 되는 청년들이 일제히 대답하며 흩어졌다.

"대장님! 타이거 팀 임무 완수하고 철수 중입니다!"

"대장님! 스모그 팀 임무 완수하고 철수합니다!"

"대장님! 블루 팀 임무 완수하고 철수합니다!"

남자가 들고 있는 무전기에 쉬지 않고 들려오는 보고로 봐서 이 남자가 도지원의 비밀 세력의 총대장인 모양이다.

몇 시간 후…….

50대 남자는 도지원과 마주하고 있었다.

황궁 도지원의 서재였다.

"그 아이가 데려갔다고?"

도지원이 먼저 물었다.

"네! 그렇습니다! 왕자님께서 얼마나 늠름하신지 눈물이 다 났습니다!"

"그 사람은?"

"황후님께선 무사하십니다. 안개 속에서 작은 배로 무리하게 운행하셔서 뱃멀미를 좀 하신 것뿐입니다!"

"그래! 이젠 다 끝났네! 대내외적으로 브라운 켈이 무향도를 침략하다가 아군의 공격에 잔당들은 잡히고 브라운 켈은 실종됐다고 발표하면 되겠지."

"네? 그건 왜요?"

"브라운 찰스가 애태우는 꼴을 보고 싶네. 하하……."

브라운 찰스는 켈의 아버지, 즉 S국 대통령이다.

"호호…… 복수를 생각하시는군요?"

아리가 문을 열고 들어오며 말했다.

"너?"

도지원이 어떻게 벌써 왔느냐고 묻는 것이다.

"저야 아빠 보디가드잖아요. 제 본분을 다 해야죠. 오빠 곁에 오래 있고 싶지만……."

아리의 눈에 살짝 눈물이 비쳤다.

"허……! 그 녀석 여복은 터졌네. 아까 셋이 있었다고 했지?"

도지원이 50대 남자에게 물었다.

50대 남자는 그냥 미소만 지을 뿐이다.

"그래도 오빠 꼭 저와……."
아리가 살짝 얼굴을 붉혔다.
"암! 내가 그건 책임지고 그렇게 되도록 하마!"
도지원이 미소를 지었다.

"이거 왕자님께서 여난을 어찌 극복하실지 궁금합니다."
50대 남자가 흐뭇한 표정으로 말했다.
"하하하……."
도지원이 호탕하게 웃었다.

황궁.
20여 명의 청년들을 대동하고 혜진이 거침없이 황궁으로 들어왔다.
"누구냐?"
황궁 호위대가 총을 들이대며 금방이라도 쏠 태세다.
척!
혜진이 손에 든 패를 하나 들어 호위대에게 보였다.
출입증이다.
호위대는 얼른 옆으로 길을 터줬다.

혜진은 청년들을 대동하고 황궁 내부로 향했다.

진진은 브라운 켈과 황 대장을 심문하고 있었다.

"물론 그대가 입을 다물어도 무향도를 침입한 사실은 변하지 않는다. 허나 우린 쉬운 길을 가려고 한다. 우린 단 하나, 너희 S국과 무향도와의 계약서를 수정하려고 한다. 그대가 무향도에 침입한 사실을 인정한다는 자술서를 써라. 허면 우린 그 자술서를 들고 그대 아버지를 만나 계약서 내용을 수정하고, 그대를 아무 일 없이 대내외적으로 비밀을 유지하여 무사히 보내줄 것이다. 만약 그렇지 않으면 그대는 대내외적으로 무향도를 침략했다는 오명을 쓰게 된다. 물론 전범 재판을 받고 구속될 수도 있겠지. 그러길 원하는가?"

"후후…… 웃기지 마라! 전범이라니? 내가 왜?"

"몰랐는가? 그대가 침략해서 무향도 군인과 격전을 치르는 과정에서 무향도 군인과 민간인 215명이 죽었다."

"후후…… 그런 거짓말을?"

"물론 거짓이지. 허나 이미 대내외적으로 그렇게 발표했다. 그대는 실종 처리됐고, 그대 부친인 찰스는 무향도에 그대의 시신을 찾을 수 있게 협조를 요청한 상태다. 허니 협조하면 그대는 이번 전투에 관련이 없는 것으로 발표하고 조용히 보내주겠다."

진진과 브라운 켈의 시선이 불꽃을 튀기고 있었다.

제 22장

"오빠들! 정말 고생이 많아요."

무향도 유일의 형무소.

형무소 이름은 '마음을 비우는 곳'이다.

아리가 S국 친위대 대원들이 수감된 곳을 돌아다니며 안타까운 표정을 지었다.

"오빠는 몇 살이에요?"

가장 어려 보이는 친위대원을 발견하고 아리가 철장 앞에 쪼그리고 앉아 물었다.

"……!?"

친위대원은 관심 없다는 듯 대꾸도 하지 않았다.

"난 이제 열여섯 살인데……. 나보다 어리죠?"

"……!?"

"나보다 어리구나? 반말해도 되지?"

"……!?"

"야! 너 참! 귀엽게 생겼다. 앞으로 내 동생 삼아야지. 나보고 누나라고 불러? 응? 어서 불러봐!"

"……!?"

"누나라고 부르면 내가 너 데리고 나가서 맛있는 것도 사주고 구경도 시켜줄게. 너 무향도 구경 안 해봤지? 해봤어? 안 해봤어?"

"난…… 열여덟 살이다!"

친위대원이 결국 입을 열었다.

"쳇! 나보다 두 살이나 많잖아. 그럼 그냥 우리 친구하자."

"친구? 너와 난 적인데 어찌 친구가 되겠는가?"

"너하고 난 원수 진 일이 없는데 왜 적이야? 너 나하고 무슨 원수 진 일 있어?"

"그야 물론 없지만……."

"이봐요! 여기 문 좀 열어줘요."

아리는 갑자기 형무소 직원을 불렀다.

"네! 공주님!"

형무소 직원이 얼른 달려와 어린 친위대원이 갇혀 있는 철문을 열었다.

"나와!"

"……!?"

"뭐해? 나오라니깐."

"무슨 뜻이냐?"

"내가 무향도 구경시켜준다고 했잖아! 나와! 구경시켜줄게."

"후회할 텐데?"

"후회라! 무슨 후회? 우선 나와 봐!"

아리가 천진난만하게 미소를 지으며 말하자 친위대원이 슬그머니 나왔다.

"가자!"

아리가 친위대원을 데리고 형무소를 나갔다.

"이름이 뭐야?"

"내 이름은 글로버 이튼이다."

아리와 글로버 이튼이라는 친위대원이 한가롭게 구경을 나갔을 때 진진은 혜진, 희경과 사무실에서 차를 마시고 있었다.

"흠……!"

진진이 뭔가 석연치 않다는 표정이다.

"왜요? 뭐가 이상해요?"

희경이 물었다.

"저 황 대장이란 자 말이다. 아무래도 이상해……!"

"뭐가요?"

"명색이 브라운 켈의 비밀 친위대 대장이란 자가 너무 쉽게 붙들렸어. 아무런 저항도 없이. 무술도 못하는 것 같고. 어떤 무기도 소지하고 있지 않았어."

"설마하고 넋 놓고 있다가 잡힌 거겠죠."

"아니야! 아무래도 뭔가 있어."

"그렇다 해도 이젠 걱정하지 마! 지하 5층에 철저한 보안 시스템이 되어 있고. 우리 애들이 잘 지키고 있잖아! 게다가 지상까지 나오려면 무려 열 개나 되는 철문을 지나야 하는데, 탈출은 불가능하고 적이 구하러 온다 해도 그건 자살하러 오는 것과 다름없어."

혜진이 염려 말라는 태도다.

"흠……! 그렇겠지?"

"그럼! 오빠가 괜히 신경이 예민해져서 그래! 이젠 좀 쉬어."

혜진이 말했다.

"그래요! 좀 쉬세요."

희경이 살짝 고개를 숙여 인사를 하고 혜진과 눈빛을 주고받았다.

둘은 서로 약속이나 한 듯 사무실 밖으로 슬그머니 나가버렸다.

진진을 쉬게 해주려는 것이다.

"여기 말이야! 칼국수가 진짜 짱이야. 먹어보자."

아리가 글로버 이튼을 데리고 간 곳은 유명한 칼국수 집이다.

"네 정체가 뭐냐?"

이튼이 갑자기 아리에게 그런 질문을 했다.

"왜? 아무리 도망을 치려고 해도 틈이 보이지 않지?"

아리가 미소를 지었다.

"누구냐?"

"그냥 들어가자! 다 아는 사실을 갖고 뭘 물어?"

아리는 이튼의 등을 떠밀며 칼국수 집으로 들어갔다.

"어서 오세요. 공주님!"

주인이 아리를 알아보고 반갑게 인사했다.

"네! 안녕하세요!?"

"그럼요! 저희들이야 장사도 잘되고……."

주인이 밝게 미소를 지으며 말했다.

"봤지? 내가 누군지?"

아리가 식탁에 앉으며 이튼에게 말했다.

"공주님 말고 다른 정체 말이야!"

"다른 정체? 그게 궁금하냐?"

"그래! 어서 말해봐!"

"내가 말해주면 너도 내가 묻는 말 하나를 말해줄 수 있지?"

"……!?"

"싫으면 말고."

"아니다! 말해주마!"

아리는 이튼의 귀에다 작은 소리로 뭐라고 말했다.

그리고 이튼 역시 아리 귀에다 뭔가 말했다.

"녀석들! 날 생각해서 자리를 피했군! 피곤하다. 한숨 자야지!"
진진은 소파에 몸을 묻고 잠을 청했다.

피곤함 때문인가.
진진은 금방 깊은 잠에 빠졌다.
달콤한 잠을 깨운 것은 진진이 핸드폰이었다.

"여보세요?"
진진이 잠결에 핸드폰을 들고 말했다.

화들짝.
진진이 핸드폰을 받다가 벌떡 일어섰다.
무척 놀란 표정이 역력했다.

"혜진아! 희경아!"
진진이 사무실 문을 열고 나가며 소리쳤다.

"네! 무슨 일이에요?"
희경이 먼저 달려왔다.
"왜?"
늦게 달려온 혜진이 퉁명스럽게 묻는다.
좀 쉬라고 했더니 그새 나와서 자신을 찾는 진진이 못마땅한 것이다.

"빨리 따라와!"

진진은 앞서 달리기 시작했다.

"왜? 무슨 일인데?"

혜진이 뒤따라 뛰며 물었다.

"황 대장 말이야! 그가 무슨 전문가인지 아리가 알아냈어."

"뭐? 무슨 전문가라니?"

"황 대장 그는 탈출 전문가래."

"뭐라고?"

"탈출 전문가라고요?"

진진과 혜진 그리고 희경은 부지런히 달려 지하벙커처럼 생긴 건물 안으로 들어갔다.

"무슨 일입니까?"

청년들이 경비를 서다 말고 황급히 뛰어 들어오는 진진 일행을 발견하고 인사를 하며 묻는다.

"아무 일 없었나?"

진진이 물었다.

"네! 아무 일도 없었습니다."

"이런! 어서 가봐야겠다."

진진이 다급하게 엘리베이터를 향해 뛰었다.

"뭐예요? 아무 일도 없다잖아요?"

"바보! 아무 일도 없으니 더 이상한 거야. 탈출 전문가라면 무슨 일이 생겼어야 하는데 아무런 일도 없다는 것은 이미 탈출을 했을지도 모른다는 뜻이야."

희경의 말에 혜진이 핀잔을 주고 있었다.

"설마……! 이곳은 완벽한 감시 시스템이 갖춰진 곳인데……!"

희경이 믿을 수 없다는 투로 말하며 엘리베이터에 가장 늦게 올라탔다.

엘리베이터는 층마다 경비를 서는 청년들의 확인을 거쳐 1층씩 내려갔다.

지하 5층까지 내려간 진진 일행.

청년들이 지키고 있는 육중한 철문 두 개를 열고 안으로 들어갔다.

"헉! 이럴 수가!"

진진이 일행은 앞을 바라보며 넋을 놓고 말았다.

없다.

브라운 켈과 황 대장이 묶였던 쇠고랑과 밧줄만 덩그러니 놓여 있었다.

"여기서 누가 나간 사람이 없었느냐?"

정신을 차린 혜진이 문 앞을 지키고 있는 청년에게 물었다.

"네! 전혀 없었습니다."

청년은 부들부들 떨며 대답했다.

"정말이냐?"

"네! 그렇습니다."

"졸거나 자리를 비운 일도 없느냐?"

"네! 절대 그런 일 없었습니다."

청년은 단호하게 대답했다.

"그만해라! 그들 잘못이 아니다."

진진이 앞서며 모두 따라오라는 눈짓을 했다.

"이곳은 폐쇄한다. 모두 철수한다."

진진이 말했다.

제 *23* 장

H001 진희경.

진진의 밀명을 받고 신속하게 움직이고 있었다.

그 뒤를 혜진이 은밀히 따르고 있었다.

희경이 가는 방향은 바닷가.

브라운 켈과 황 대장이 가장 탈출하기 좋은 지하수를 흘려보내는 하수관이 바다로 향하는 위치였다.

진진은 혼자 청년들을 데리고 환기구가 나가는 지상 통로를 향했다.

허나 진진의 예상은 빗나갔다.

몸집이 큰 황 대장이 환기통을 통해 나가긴 힘든 상황이었다.

"흠……! 그래! 그거였어."

진진은 뭔가 짚이는 데가 있었다.

진진은 다시 벙커처럼 생긴 황 대장과 브라운 켈을 감금했던 건물로 달려갔다.

지하 5층.

황 대장을 감금했던 곳에 도착한 진진은 어이가 없었다.

천장. 전등불 그림자로 인해 어두운 지점.

마치 아무것도 없는 듯 비슷한 천을 이용해 숨은 황 대장을 발견한 것이다.

"저놈을 끌어내려 벽에 완벽하게 묶어 매달아라!"

지시를 내린 진진은 서둘러 그곳을 떠났다.

"황 대장 이놈이 자신은 숨고 브라운 켈만 탈출시킨 거야. 젠장!"

진진이 다급하게 움직이고 있을 때 희경과 혜진은 이미 바닷가 하수구 입구에 도달해 있었다.

근처에 몸을 숨기고 하수구를 지켜보던 희경. 뭔가 발견하고 얼른 자세를 낮췄다.

하수구를 통해 떠내려 오는 커다란 비닐 봉투. 뭔가 움직임이 보였던 것이다.

혜진에게 눈짓을 하고 슬금슬금 다가갔다.

"어떤 놈들이 쓰레기를 물에다 버렸지?"

혜진이 능청을 떨면서 바다로 떨어진 비닐 봉투를 발로 걷어찼다.

무척이나 아팠을 텐데 비명 한마디 없다.

"이거 태워버리자."

"그래! 휘발유 어디 있어?"

"여기."

떠들면서 희경이 봉투에 물을 뿌리자 그때서야 움찔 움직임이 있었다.

"어! 누가 살아 있는 짐승을 함께 버렸나봐!"

혜진이 입가에 미소를 띠며 말했다.

"제기랄! 실패했군!"

투덜거리는 소리가 들리며 봉투를 찢고 브라운 켈이 나왔다.

"잡았군!"

진진이 달려오며 말했다.

"1분만 늦었어도 달아날 뻔했습니다."

희경이 말했다.

브라운 켈은 다시 밧줄로 꽁꽁 묶여 끌려갔다.

황궁 특별 법정.

황 도지원과 진진이 나란히 앉아 있고 그 옆에 혜진, 아리, 희경이 차례대로 서 있었다.

그들 앞 다섯 계단 아래에 브라운 켈과 황 대장이 꽁꽁 묶인 채 무릎을 꿇고 있었다.

아리의 인간성에 반한 글로버 이튼이 증인석에 앉았다.

"지금부터 S국 첩자와 전범에 대한 재판을 시작하겠습니다."

특별 재판관이 황에게 인사를 하고 말했다.

"먼저 특별검사께서 증인 심문을 하십시오."

"네! 특별 검사로 임명된 강원효 검사입니다. 먼저 이런 영광된 자리에 검사로 임명해주신 황께 감사드리며 증인 심문을 시작하겠습니다."

특별 검사가 일어나 황에게 인사를 하고 글로버 이튼에게 다가갔다.

"증인은 이 사람들을 아시지요?"

특별 검사가 브라운 켈과 황 대장을 가리키며 물었다.

"네!"

"증인과 이 사람은 어떤 사이지요?"

"전 S국 친위대 병장 글로버 이튼입니다. 저분은 S국 친위대 대장님이시며, 저쪽 분은 친위대 소속 첩보부장님이십니다."

"증인은 우리 무향도에 어떻게 들어오게 됐죠?"

"저기 계신 진진이란 분과 그 어머니를 제거하라는 명을 받았습니다."

"그렇습니다. 존경하는 재판장님! 증인이 방금 진술하신 그대로 브라운 켈은 S국 대통령의 아들이자 친위대 대장 직에 있는 자로 구축함과 잠수함 부대를 이끌고 우리 무향도를 침략했으며, 그 목적이 황태자님과 태후님을 살해하여 우리 무향도의 후계자를 없애려는 목적으로 전쟁을 일으킨 전범입니다. 해서 본 특별 검사는 전범 브라운 켈과 황 대장을 우리 무향도 법에 따라 사형을 선고해야 한다고 생각합니다."

특별 검사는 자리에 앉았다.

그 재판이 있고 사흘 뒤 S국 대통령이 긴급히 무향도를 방문했다.

누구나 자기 자식은 귀한 법.

아들이 전범으로 사형을 받을 위기에 처하자, 결국 S국 대통령은 잘못된 지난 계약서를 바로잡는 데 동의했다.

계약서는 세밀하고 완벽하게 새로 작성됐다.

브라운 켈과 황 대장은 비밀리에 석방되었다.

그로부터 3년이 흘렀다.

세계 각국에서 모인 최고의 의사들이 3년에 걸쳐 성형수술과 지병치료를 하여 진진이 어머니는 옛 얼굴과 건강을 되찾았으며, 여장을 풀고 혜진과 결혼한 진진은 건강한 아들을 얻었다.

음도 숲속…….
다 낡은 누더기 옷을 입고 약초를 캐는 남자 둘이 있었다.
언제부터인가 이곳 음도에서 살아가는 두 남자.
바로 황이철과 오진명.
진진의 간곡한 요청으로 목숨을 건진 두 남자는 그렇게 살아가고 있었다.

향궁.
바로 진진이 기거하는 궁이다.
최신형 태양열 에너지를 모으도록 만든 기와지붕을 사용한 건물.
사방팔방으로 창이 만들어져 여름엔 창문만 열어도 시원하고, 겨울엔 창문만 닫아도 따뜻한 구조의 건물로서 에너지를 자체에서 생산하는 것도 남아도는 신형 건축물이다.
진진이 설계하고 개발한 건물로, 이미 세계 각국에서 내로라하는 건축가들이 표본으로 연구하는 기본 건축물이 바로 향궁이다.

궁에 들어서면 바로 입구에 철통같은 경호원이 지키고 있으며, 그 뒤에 자리를 잡고 앉아서 모든 보고서를 사전에 검토하고 진진에게 보고를 할지 여부를 판단하는 막강한 권력에 앉은 여인이 있었다.
진진이 옛 친구 김윤지가 바로 그 주인공이다.

"야! 이게 뭐야? 똑바로 못해?"

경호원에게 호통 치며 아직도 군기를 잡고 다니는 여인.

모두가 무서워 벌벌 떠는 그 이름도 유명한 아리다.

언제부터인가 그 아리 곁에 또 하나의 악녀가 같이 행동한다. 바로 H001 희경이다.

"너! 왕자 세 명 이상 낳지 못하면 그 자리는 내가 차지한다."

늘 혜진에게 협박하는 둘이다.

"비켜라! 향궁마마 행차시다."

갑자기 요란한 외침이 들려오며 향궁이 바빠진다.

큰 문 옆으로 직원들이 나란히 서서 공손히 머리를 조아린다.

뚱뚱한 여인이 걸어 들어온다.

바로 혜진이다.

"흐흐…… 이젠 돼지가 다 됐군. 어서 다이어트 안 하면 아마 그 자리에서 쫓겨날걸."

희경이 혜진을 약 올린다.

"맞아! 운동을 안 하고 매일 놀기만 하니깐 그렇지. 옛날 그 날쌘 혜진은 어디 갔지?"

아리도 놀려댄다.

"내가 이번엔 기필코 다이어트에 성공한다. 씨……!"

혜진이 이번엔 꼭 다이어트에 성공할까?